지구를 사랑한다면, 바르바라처럼

이자벨 콜롱바

바람의아이들

차례

멀쩡한 사람들은 편안히 기계 안에 있지
그 안에 할머니의 자리는 없었지
벌거벗은 할머니는 알 수 없는 말을 외치며 걸었지
사람들은 말해, 할머니가 미쳤었다고
정말로 미쳤었다고
아름다운, 그 광기

프랑스 힙합 뮤지션 롬팔의 두 번째 앨범
『자닌』 수록곡 「아름다운, 그 광기」 중에서

1. 금요일

할머니, 할머니는 저를 자랑스러워할까요?

저는 지금 거리에 나와 있어요. 대열 맨 앞줄에요. 행진하고, 항의하고, 소리치고, 박자에 맞춰 움직여요. 시위대 동료들과 팔짱을 끼고요. 플래카드를 서로 바꿔 들고, 구호와 노래를 번갈아 외치고 불러요.

우리 시위대는 유쾌하답니다.

거리를 가득 메운 채로 펄쩍 뛰고, 춤추고, 쪼그려 앉아요. 바닥에 드러누워 끈끈이에 붙은 파리 떼처럼 아스팔트에 몸을 찰싹 붙이기도 하죠. 그런 다음 일어나서 다시 움직여요. 큰길을 따라 걸을 때면 행인들이 미소를 보내기도 해요. 우리가 길을 막는다며 야유하는 사람들도 있어요. 할머니, 시위에 한번 맛을 들이면 그만둘 수가 없어요. 저는 항상 같은 플래카드를 들어요. 하도 들어서 조금 닳고, 가장자리도 조금 찢어졌어요. 크기도 사실 저한테는 너무 커요. 망가지긴 했어도 바꾸고 싶진 않아요. 그래서 손잡이를 붙이고 가장자리도 보강했어요. 플래카드에는 이런 구호가 적혀 있어요. '납치는 이제 그만—지구를 다시 우리에게!' 그림은 동생이 도와줬어요. 물거품과 잔물결이 어른거리는 청록색 하늘을 배경으로 알록달록 둥근 지구를 둘이서 같이 그렸죠. 검은색으로는 기후변화 회의론자들의 옷을 칠했어요. 조리스는 이제 겨우 열 살이지만 그림을 정말 잘 그려요. 그리고 이렇게 같이 플래카드를 만들면 조리스도 어떤 의미로는 저랑 같이 시위에 참여한다고 할 수 있겠죠. 터울은 좀 지지만 우리 둘은 똑같이 분노를 느껴요. 지구가 망가지는 걸 두고 볼 수가 없어요. 미래가 걱정돼요. 세계가 염려스러워요. 가만히 앉아 불안에 삼켜지지 않으려고 그림을 그리고, 대화하고, 생각하고, 어떤 식으로든 생각을 표현하고 행동하죠.

저와 함께하는 건 조리스만이 아니에요. 할머니, 첫 번째 시위 때부터 저는 할머니가 저와 함께 여기, 대열 바로 위에 있다고 느꼈어요. 손주들과 같이 사람들 틈에 섞여 있는 다른 할머니 할아버지를 볼 때면 저도 할머니와 함께 걷고 있다면 어떨까 생각해 보지만, 잘 모르겠어요. 어쨌든 할머니라면 분명히 그랬을 거예요. 제가 할머니에게 같이 오자고 하면 좋아했을 테고요. 시끌벅적한 분위기에 흥이 나, 퍼레이드를 이끄는 음악대 대장처럼 무릎을 높이 들어 올려 아스팔트 위를 성큼성큼 걸으며 크게 외쳤겠죠. 할머니는 축제를, 사람들이 틀에서 벗어나 목소리를 높여 떠들고 활기찬 몸짓을 시작하는 순간을 사랑했으니까요.

할머니, 저보다 훨씬 나이가 많은 할머니의 마음을, 꼬리표처럼 뒤를 따라다니던 과거와 함께 스스로 만든 세계에 갇혀 버린 할머니의 마음을 움직일 만한 일은 과연 무엇이었을까요? 할머니가 살아 있었다면 환경 문제와 인생의 선택에 대해 함께 이야기할 수 있었을까요? 사라질 위기에 처한 빙하들에 대한 최신 정보들을 실시간으로 할머니와 나눌 수 있었을까요? 사실 답은 벌써 알 것 같아요. 할머니와 함께일 때면 풀잎 가장자리에 앉은 풍뎅이를 하염없이 관찰하거나, 흙길을 따라가며 딱정벌레나 잠자리 같은 작디작은 존재들의 삶에 감탄하는 일이 가능했어요. 하지만 시사 문제는 할머니의 관심사가 아니었죠. 할머니는 현실을 두려워했으니까요. 그래서 할머니만을 위해 존재하는 환상의 세계로 도망친 거였어요. 온통 시로 가득한 세계 말이에요.

할머니가 더 이상 제 곁에 없는데도 왜 계속 할머니 생각이 날까요? 할머니의 웃는 눈매, 바람을 가르던 손짓, 바다 위 갈매기의

날갯짓 같은 팔짓이 생각나요.

시간이 흐르면서 할머니는 저의 천사, 여신이 되었죠. 저는 꽃잎처럼 부드러우면서도 열대우림의 덩굴나무처럼 단단히 할머니에게 연결돼 있다고 느껴요.

어느 정도 자라고 나서야 할머니의 시선이 사람들에게 머무는 법이 없고, 할머니의 눈이 아무도 보지 못하는 것을 보면서 반짝거린다는 걸 알게 됐어요. 그걸 있는 그대로 받아들여야 한다는 것도요. 할머니는 평범한 할머니와는 거리가 멀었죠. 작년에 할머니가 돌아가신 뒤로 그 사실을 더욱 절감해요. 시간이 지날수록 할머니의 강렬한 존재감이 그리워져요. 무엇이 제 심장을 뛰게 하는지, 무엇이 요즘 제 뇌를 자극하는지 이제 더 이상 할머니에게 실제로 말할 수는 없겠지요.

제가 할머니를 자랑스러워한다는 사실이 할머니한테 의미가 있을까요? 할머니는 이미 오래전부터 다른 사람의 시선에 전혀 개의치 않았죠. 하지만 제가 할머니를 향해 눈길을 보내고, 유심히 살피고, 감탄했다는 게 느껴졌나요? 할머니는 혼란스러운 수수께끼, 도깨비불, 반딧불이였어요. 지금도 여전히 그렇죠. 하지만 저는 절대, 맹세코 절대, 할머니를 부끄럽게 생각하지 않았어요. 나중에 할머니에 대해 알게 된 사실 때문에 충격을 받긴 했지만요. 그래서 더 빨리 할머니한테 편지를 써야겠다고 생각했어요. 상처를 치료하듯이 말이에요. 얼마나 다쳤는지 확인하고 소독을 하기 위해서요. 그렇지만 이 핑계 저 핑계로 미뤄 왔죠. 대개는 시간이 없다는 핑계였어요. 머리가 복잡하네, 하루 종일 할 일이 꽉 차 있네, 이런 그럴싸한 핑계들이었죠. 가끔은 시도해 보다가 바로 그만두고 잊어버렸어요. 아마도 단어들 속에서 헤매게 될까 봐 불안했던 거겠죠.

한 번에 손님이 한 명밖에 못 들어가는 작은 가게에서 방금 이 공책을 샀어요. 붉은색 외관 말고는 따로 간판도 없는 오래된 건물 1층에 자리한 가게예요. 눈여겨보지 않으면 지나치기 십상인 곳이라, 가게는 물론이고 진열창 뒤에 숨겨진 보물들도 놓칠 뻔했지 뭐예요. 그런데 중심가와 호수 중간쯤에서 시위가 있을 때마다 왠지 눈길이 갔어요. 오늘은 등이 굽은 여자분이 맨다리에 패치워크 치마 차림으로 가게 옆에 서 있더라고요. 다가가 보니, 흐릿한 눈빛은 시위 행렬을 향해 있었지만, 우리 노래나 구호와는 아무 상관도 없는 멜로디를 흥얼거리면서 고개를 까딱이고 있었어요. 시위에 대해 어떻게 생각하는지 차마 물어보지 못하고 진열창으로 시선을 돌릴 때 잡다한 물건들로 가득한 진열대 한가운데 놓인 공책이 바로 눈에 띄었어요. 살짝 색이 바랜 청록색 표지에 새빨간 앵무새가 그려진 재생 용지 공책이었어요. 한눈에 반해 버렸죠.

"이 공책은 너를 기다렸단다. 이건 네 거야!"

여자분이 말하더군요.

그분이 절뚝이며 안쪽으로 들어가길래 협소한 가게 문턱까지 따라갔어요. 독특하고 멋진 잡동사니 가운데에서 움직이는 모습을 지켜봤죠. 그분은 그때까지 한마디도 하지 않은 제 쪽을 돌아보면서 공책을 내밀었지만, 손에서는 놓지 않았어요. 그러고는 비어 있는 손으로 거침없이 제 얼굴을 만지고, 더듬고, 가늠했어요. 그제야 앞을 잘 못 보는 분이라는 것을 깨달았죠. 공책을 건네받고 값을 치렀어요. 5유로 50센트. 잔돈을 거슬러 받은 뒤 공책을 가지고 나왔어요. 정말 마음에 들어요.

오늘은 특별한 날이 분명해요. 행진이 시작되자마자 할머니를 봤거든요. 꽃무늬 블라우스와 플란넬 바지를 입은 할머니가 주홍색 립스틱을 칠한 입술로 미소 짓는 모습이 또렷했어요. 할머니한테만 말하는 거예요. 소중한 존재를 잃은 경험을 한 사람들이라면 모를까, 누가 저를 이해하겠어요. 환상은 곧 사라졌어요. 하지만 할머니는 거기 있었고, 저를 지켜 줬죠. 왜 다른 날보다 오늘 유난히 더 그랬는지 모르겠어요. 광장을 따라 걷는데 할머니가 무척 좋아하던 제비꽃 향기가 갑자기 저를 감싸 왔기 때문일까요? 어깨 위로 기대어 오는 할머니의 턱, 뺨에 와 닿는 할머니의 숨결, 폴리에스터 스웨터의 까슬거리면서도 부드러운 감촉이 느껴졌어요. 보랏빛을 띤 푸른색 스웨터와 상앗빛을 띤 흰색 스웨터 있잖아요. 할머니 옷 상자에서 찾은 뒤로 제가 가끔 입곤 해요. 그 옷들을 입는 게 좋아요. 입으면 온통 다정한 기억이 떠오르죠. 입으면서 여전사의 몸으로 들어간다고 생각하기도 해요. 할머니한테는 이상하고 과장되고 완전히 바보 같은 소리로 들릴지도 모르겠네요. 할머니의 옷 중에 전투복은 하나도 없으니까요. 제복도, 훈련복도 없죠. 하지만 제 생각에 옷을 갖춰 입는 건 단순히 스타일이나 겉모습의 문제가 아니라, 세상을 어떻게 바라보는가의 문제예요. 저는 예산에 맞춰 중고 의류점에서 옷을 사요. 다국적 기업 상표가 붙어 있다고 해서 너무 싸게 팔거나, 반대로 너무 비싸게 파는 옷은 사지 않아요. 대부분 당장이라도 무너지거나 잔가지들처럼 타 버릴 것 같은 불안정하고 노후한 공장에서 아동이나 여성 노동자들이 대량 생산한 옷들이죠. 착취당하는 노동자들의 목숨은 이토록 가볍게 여겨지고 있어요.

스스로에게 여러 차례 물어봤어요. 할머니가 살아 있어서 지금 텔레비전에서 나를 본다면 어떤 생각을 할까? 레이스업 부츠, 줄무늬 바지, 체크무늬 재킷처럼 남들과 다른 차림의 곱슬머리 여자애를 화면에서 본다면? 이웃들에게 전화를 걸어서 이렇게 말했을까요? "티브이 좀 빨리 틀어 봐. 내 손녀 바르바라가 나온다니까. 강하고 용감한 애야. 말은 또 어찌나 잘하는지. 들어 봐! 힘 있는 사람들, 사리 분별 못 하고 꽁무니 빼면서 화만 내는 어른들한테 맞서는데, 저 애 말이 옳지 않아?"

제가 또 엉뚱한 소리를 했네요. 할머니가 이런 말을 할 리가 없는데 말이에요. 그래도 할머니가 화면에서 저를 본다면 어떤 반응을 보였을까 생각해 보는 중이에요. 아마 저를 못 알아봤겠죠. 텔레비전에 가까이 가려는 생각조차 안 했을지도 몰라요. 할머니의 신경은 다른 사람들이 관심을 보이지 않는 것들에 집중돼 있었잖아요. 시멘트 블록 사이에 활짝 핀 민들레, 곡예라도 하듯 강둑 난간에 올라앉은 고양이, 배나무 위에 매복 중인 날치기 까치…… 할머니는 이런 것들에 감탄하고 눈을 빛내곤 했죠.

조롱의 의미를 저한테 가르쳐 준 건 바로 할머니예요. 물론 할머니가 일부러 그런 건 아니지만요. 그 덕에 나를 때려눕힐 만한 일에도 무겁지 않게 반응할 수 있게 됐죠. 그래서 저는 집중하고 최선을 다해요. 그것만큼은 확실히 말할 수 있어요. 그리고 무엇보다, 저는 환상을 품지 않아요. 제 얼굴이 버스 엉덩짝(할머니도 이렇게 노골적인 단어들을 문장 여기저기 섞어서 말하곤 했죠. 그렇다고 해서 할머니가 상스러운 사람은 아니었어요. 내 사랑하는 귀여운 할머니는 오히려 그 반대였죠. 그리고 저는 할머니의 말을 잘 이해하지 못하는 때가 많기는 했어도 할머니가 말하는 방식을 좋아했어요!)에 커다란 사이즈로 확대돼 붙어 있다 해도, 그건 아무 의미 없어요. 잡지 1면에 제 얼굴이 실렸다고 해서 제가 다른 사람보다 더 중요한 사람이 되는 것도

14

아니고, 제 의견이 우월한 것도 아니잖아요. 다 시스템이 만든 상황일 뿐이에요. 얼굴, 꼬리표, 이 모두를 받아들일 순 없지만, 멍청한 일이라고 생각하면서도 저는 그냥 참을 뿐이에요. 버스 엉덩짝에 달린 시위대 소녀, 그건 분명 제 사진이지만 진짜 저는 아니에요. 제가 몇 주째 수업을 거부하고 거리로 나서는 친구들 전체를 대표한다고 생각하지도 않아요. 그 애들이 저를 지명한 것도, 선택한 것도 아니에요. 사실 저는 예나 지금이나 그렇게 신뢰받는 타입이 아니거든요. 이런 일들에는 화도 안 나요. 왜 그런지 짐작이 가죠? 할머니 같은 할머니를 둔 이상 잘난 척하기는 어렵거든요. 부담되겠다고 하는 사람들도 있지만, 저는 오히려 운이 좋다고 생각해요. 시위에 참가하는 다른 애들보다 좀 더 일찍 세상의 이면에 눈을 떴다는 것도 장점이라고 할 수 있겠죠. 일단 눈을 뜬 이상 다시 감지 않고 크게 뜨고 있으려고요. 아이들은 부모의 결점을 통해 자란다죠. 그렇다면 조부모의 결점에 대해서는 뭐라고 할 수 있을까요? 조부모의 상처, 흠, 불행, 시련, 죽는 날까지 조부모를 끌고 다니다가 그들이 떠난 뒤에도 우리를 사로잡고 있는 내면의 소용돌이에 대해서 말이에요.

할머니의 운명이 저를 따라다니는 것 같아요. 제가 세상의 변화를 위해 싸우겠다고 결심한 데에는 할머니 영향도 있어요.

2. 토요일

어떤 날은 아침부터 집 밖으로 나가 다른 사람들과 접촉하느니 차라리 집에 있는 편이 낫겠다 싶어요. 오늘도 저는 여느 때처럼 에코 백을 들고 빵집에 갔어요. 주인아주머니가 자른 빵을 그 안에 넣어 줬죠. 제가 돈 내는 걸 보더니 어떤 손님이 자기보다 적게 낸다고 놀라더라고요. 빵집 아주머니가 그건 누구에게나 적용되는 규칙이라고 설명했어요.

"가방을 가져오면 할인을 받으실 수 있어요. 경제적으로도 합리적이고, 환경 보호에도 도움이 되죠."

손님은 어깨를 으쓱하면서 빵은 비닐봉지에 담아야 보관하기 더 좋다고 말했어요. 그래서 돈을 더 낸다는 거죠. 지구 온난화에 대해서 비꼬기까지 하더라고요.

"오늘 아침만 해도 기온이 영하로 내려갔잖아요. 겨울이 끝난 지가 언젠데!"

그 손님이 떠난 뒤에 빵집 아주머니가 자기네는 음식물에 독성 물질이 전달되는 걸 막아 주는 저밀도 폴리에틸렌 봉지만 쓰니 걱정 말라고 하더군요. 비닐봉지 사용을 중단한 적도 있지만, 손님들이 건강에 좋은 뻣뻣한 빵을 먹느니 미세 플라스틱 입자가 묻은 촉촉한 빵을 먹겠다고 불평했대요. 어쩔 수 없이 한발 물러나서 다시 비닐봉지를 사용하게 됐다고 해요. 이 얘기를 들으니 힘이 쭉 빠졌어요. 마음속으로 욕을 하면서 사람들의 편협함에 한숨을 쉬었죠. 빵집 아주머니도 조금 원망스러웠어요. 도대체 왜 그렇게 쉽게 포기했을까요? 왜 손님들한테 더 맞서지 않았을까요?

아무튼 할머니, 분명히 말하지만 저는 끝까지 갈 거예요. 멈추지 않을 거예요. 게을러서든, 무식해서든, 멍청해서든, 지구의 미래와는 아무 상관 없다고 우기는 사람들을 더는 참을 수가 없어요. 기후 변화가 돈 많고 특권을 누리는 사람들이나 신경 쓰는 일이라고 넌지시 말하는 사람들, 제트기를 타고 다니는 억만장자들이 지구를 오염시킨들 어쩔 수 없는 일이라고 말하는 사람들, 제 눈을 똑바로 들여다보면서 그따위 플래카드로는 꿀벌, 코뿔소, 오랑우탄 같은 생물들의 멸종을 막을 수 없다고 장담하는 사람들, 민병

대, 경찰, 청부살인업자들이 브라질, 필리핀, 캄보디아를 비롯해
세계 곳곳에서 환경 옹호론자들을 살해해도 전혀 상관하지 않는
사람들, 왜 육류 소비를 자제해야 하는지 이해할 생각도 않고 더블
버거를 먹어 치우는 사람들, 재활용 가능 여부는 따지지도 않고 신
제품을 기획하는 사람들, 방법을 알면서도 자기들은 호화로운 저
택 지하에 만들어 둔 사설 벙커로 피하면 되니 굳이 생활 방식을
바꾸지 않는 사람들 말이에요.

당장 바뀌지 않는다고 해서 돌을 던지려는 건 아니에요. 저도
그렇게까지 모범적이라고 할 수 없는걸요, 뭐. 말을 행동으로 옮
기려고 노력할 뿐이죠.

돈 문제로 전전긍긍하는 사람들을 비난하려는 것도 아니에요.
다음 월급날까지 어떻게 버텨야 하나 고민하고, 식비가 너무 비싸
고 자선 단체가 보내 주는 식료품도 부족해서 아이들에게 끼니조
차 챙겨 주기 어려운 상황이라면 당연히 당장 먹고사는 문제가 더
급하죠. 세기의 종말이나 지구의 미래보다는 이번 주는 또 어떻게
버티나, 아이들은 어떻게 먹이나 하는 문제가 더 중요할 거예요.
그렇지만 저는 편견과 선입견은 경계해야 한다고 봐요. 극빈층,
취약층, 여름휴가도 주말여행도 가지 못하는 사람들은 자기들이
기후변화의 피해를 가장 먼저 입을 거라는 사실을 분명히 알고 있
어요. 심지어 이미 겪고 있어요. 한여름이면 되도록 늦게 집에 들

어가려고 하잖아요. 집이 있다 해도 단열이 제대로 되지 않아 오븐처럼 뜨겁게 달궈져 버리니까요. 고속도로와 외곽 순환도로 사이에 비닐을 치고 사는 사람들은 그야말로 녹아내리죠.

환경을 열렬히 옹호하는 억만장자는 단 한 명도 못 봤어요. 노동자, 부모, 농부, 고등학생, 대학생, 수공업자, 조합원같이 평범한 일상을 사는 시민들이 환경 훼손이 결국 인류의 종말로 이어진다는 사실을 깨닫고 투쟁에 참여하는 거죠.

할머니, 저는 할머니의 사연을 알고 있다 보니 우리에게 서서히 고통을 주는 것을 감내하는 일이, 또 우리도 모르는 새 팔다리를 꺾어 놓는 것을 견디는 일이 결국 어떤 희생을 강요하는지를 잘 알아요. 포기는 어림없어요. 싸워 보기도 전에 꼬리를 내리기는 싫어요. 단순히 저 하나의 문제가 아니라 지구상의 수많은 청소년과 어린이의 문제니까요. 제 동생 조리스, 우리 사촌들, 할머니의 손주들, 그러니까 할머니가 낳은 세 아들들의 아이들 문제니까요.

어떤 일이 있어도 끝까지 갈 거예요.

역설적이게도 어떤 입장을 지지하는 게 꼭 사람들의 호응을 받지는 못한다는 건 벌써 경험했어요. 그 투쟁이 정당하고, 우리 모두의 삶이 걸린 일이라고 해도요. 제 이메일로, SNS로 욕설이 담긴 메시지가 꾸준히 들어와요. 제 얼굴이 방송에 계속 등장하면서부터 부쩍 더 심해졌어요. 다들 무슨 할 말이 그리 많은지, 제 외모나 옷차림, 말하는 방식에 대해 한마디씩 보태요. 기자들은 제가 혼혈이고, 딱히 우등생도 아닌, 그저 직업계 고등학생일 뿐이라는 점을 꼭 끼워 넣어요. 멍청하고 시간이 남아도는 애라는 뜻이겠죠.

학교에서는 저를 보기만 해도 자지러지게 웃어 대면서 놀리는 애들이 꼭 있어요. 저를 '기후학자', '수염 난 애', '생쥐 수염', '그린 바비'[1] 같은 별명으로 부르죠. 별명이 늘거나 말거나 신경 안 써요. 제가 예쁘지도 않고, 당나귀 귀라 가리지 않으면 눈에 띄어서 카메라를 잘 받지 않는다고 아무렇지도 않게 지적하는 애들도 있어요. 도대체 왜 여태 돌출 귀 수술을 안 했냐면서 놀라고, 카메라들이 제 뒤로 몰려드는 게 이해가 안 된다고들 해요. 마음대로 떠들라죠. 달콤하게 미소 짓는 위선자들도 그냥 두죠, 뭐. 시위대 소녀와 셀카 한 장 찍자고 하는 애들도요.

하지만 단짝 친구들을 정리하게 된 건 힘들었어요. 정말 솔직히 말하자면, 사실 저는 혼자인 게 좋아서 원래도 친구가 그렇게 많지 않았어요. 기껏해야 다섯 명쯤이었죠.

'동굴에 틀어박힌 은둔자' 같은 면은 바로 할머니의 아들에게서 물려받은 거예요. 저는 아빠를 닮았죠. 감정 표현을 잘 하지 않고

---

1) 주인공의 이름 '바르바라'와 발음이 비슷하거나 동일한 데서 착안한 별명들. 프랑스어로 각각 '바르뷔', '바르바라', '그린 바르비'로 발음됨.

혼자이기를 좋아하는, 비밀스럽고 과묵한 사람이요.

친구 두 명과 멀어지게 됐어요. 야니스와 알리스요. 정말 마음에 걸려요.

더 이상 야니스의 무심함을 견딜 수 없었어요. 처음에는 억지로 참아 보기도 했어요. 야니스가 걸핏하면 어깨를 으쓱하면서 "그게 뭐?" 하고 말해도 참아 넘기려고 했죠. 하지만 이젠 질려 버렸어요. 생각이 달라도 자기 의견을 가지고 진지하게 토론을 했다면 괜찮았을 거예요. 왜 제 생각이 틀렸는지를 설명해 줬다면 말이에요. 결국 야니스를 무시해 버리고 말았죠. 잘했다고 생각하진 않아요. 우리 입장을 밀고 나가기에 제일 좋은 방법은 아니었죠.

알리스 얘기를 하자면, 걔는 수업을 빠질 수 없대요. 공부에 집중하고 싶고, 진로를 바꿀 계획인 데다가 내년에 경쟁률이 엄청 높은 사립 고등학교로 옮기고 싶다나요. 그러더니 바로 한다는 소리가, 자기는 지금 딴짓을 할 여유가 없다는 거예요. 직장에 들어가고 결혼도 하고 나서 실존적인 질문들에 관심을 갖고 청원서에 서명도 하고, 필요하다면 거리로 나가 시위에 동참하겠대요. 저는 아무 말도 안 했어요. 그저 제 말이 텔레파시로 걔 뇌에 바로 가닿기를 바라면서 속으로 호소했죠.

"그냥 기다리고 모른 척해. 행동에 나서기도 전에 죽을걸? 넌 시대에 뒤처져 있고, 겁이 너무 많아. 이건 우리가 실업자가 될지 안 될지 하는 문제가 아니라, 온실에 틀어박힌 채로 살지, 아니면 암의 공격을 받으며 살지 하는 문제야."

이제 친구라곤 리나, 톰, 파니만 남았어요. 다행히 우리 넷은 서로 진짜 의지가 돼요. 또 새로운 친구들도 만났어요. 우리 학교에 우리랑 같은 생각을 갖고 활동에 참여하려는 애들이 이렇게 많은 줄 미처 몰랐어요. 힘을 뭉쳐 싸우겠다는 의지가 이렇게 강한 줄도 몰랐죠. 위원회를 만들어서 활동을 조직하고, 금요일 파업과 시위를 기획하고, 다른 고등학교 애들, 대학생들, 심지어 중학생들과도 소통하고 있어요. 각자 역할을 나눠 맡았어요. 리나는 SNS 담당이에요. 파니는 신문을 읽고 매주 기사 요약본을 만들어요. 톰은 분과 위원회 사이에서 커뮤니케이션을 담당해요. 결국 진짜로 일하고 싶어 하던 애들만 남은 거죠. 이렇게 한 팀으로 일하는 게 얼마나 새롭고 또 얼마나 마음에 드는지 할머니는 상상도 못 할 거예요. 각자 자기 자리와 역할이 있어요. 위계질서가 엄격한 주방하고는 영 딴판이죠. 우리는 토론을 통해서 다 같이 합의점을 찾아내요. 한 가지 실망스러운 게 있다면 우리 학교 직업계 애들 참여율이 저조하다는 점이에요. 리나, 톰, 파니, 저, 이렇게 넷만 예외인 셈이죠. 위원회에 참여하는 다른 애들은 전부 일반계이거나 대학에 다녀요.

'청소년의 대변인'이라고 불리기 시작한 이상, 성격에 맞지 않는 일도 참아야 하고, 누가 다가와서 말을 걸고 질문을 한다 해도 받아들이고, 답변하고, 제 생각도 밝혀야 해요. 제가 이런 일을 할 수 있을 거라고는 생각도 못 했어요. 게다가 저는 진짜 소심하잖아요. 매번 얼굴이 새빨갛게 달아올라요. 그렇지만 이제 저는 목소리 큰 애, 발언을 주저하지 않는 애로 통해요. 반박하진 않을래요. 한계를 넘어서는 법을 알게 됐거든요. 이를 악물고 미소를 지어요. 적들이 제 입을 다물게 할 순 없으니까요. 하지만 그게 저한테 얼마나 힘겨운 일인지 누가 알아줄까요. 지금도 대중 앞에서 이야기를 할 때면 진땀이 나서 스웨터가 축축이 젖어 버려요. 온몸이 다 간질거리고요. 심장은 또 얼마나 빨리 뛰는지 몰라요. 뺨은 불이 붙은 것처럼 화끈거리고요. 엄마는 귀엽다는 듯이 놀리곤 해요. "사과 두 개가 달렸네."

첫 번째 시위가 있던 날, 두터운 파카와 점퍼를 걸치고, 커다란 방울이 달린 털모자를 쓰고, 손은 꽁꽁 언 채 얼어붙은 호숫가에 모인 시위대의 모습이 눈에 선해요.

그 전날에 저는 SNS, 이메일, 문자 메시지로 시위 계획을 알렸어요. 유리병에 편지를 넣어 바다에 띄우는 심정이었어요. 희망을 품기는 했지만 정말 실현될 거라는 확신은 없는 상태였죠.

이런 내용이었어요.

인류의 멸종이 머지않아요!

우리 미래가 위험해요!

지구가 망가지는 걸 그냥 두고 볼 수 없나요?

정부가 기후 환경 존중과 회복, 새로운 기후 정책 마련을 최우선 과제로 추진해야 한다고 생각하나요?

그렇다면 내일, 금요일 오후 2시, 호수 관리소 앞에 모여 우리 같이 시위해요!

다른 도시 청소년들이 벌써 집회를 시작했다는 소식을 듣고 우리도 시위에 동참하자는 목소리를 낸 거죠. 손을 놓고 있을 수는 없잖아요. 불평을 늘어놓으며 걱정만 하기는 싫었어요.

처음엔 한 오십 명쯤 모이려나, 어쩌면 백 명을 넘길 수도 있겠지 생각했어요. 우리 도시가 아주 큰 편은 아니니까요. 저 같은 애가 인터넷에 몇 마디 끼적거린다고 해서 뭐가 크게 달라질까 싶었죠. 그런데 놀랍게도 곧바로 제 글이 여기저기로 퍼지더니, 다른 메시지들도 올라오기 시작하지 뭐예요. 그날 밤은 잠을 이룰 수가 없었어요. 이렇게 간단히 시작할 수 있는 일이었나? 아니면 누가 나를 웃음거리로 만들려는 거라고 의심하고 경계해야 하나? 이런 고민들 때문에요.

다음 날, 호수 관리소 앞에 사람들이 모여들더니 주차장까지 꽉 메웠어요. 광장까지도 사람들로 발 디딜 틈이 없었죠. 인터넷에서 본 건 아무것도 아니었어요. 높은 데서 보려고 컨테이너에 기어 올라갔더니 현기증이 났어요. 사람이 어찌나 많이 모였는지 자동차가 지나다닐 수가 없어서 경찰이 개입했어요. 짜증난 운전자가 차를 통제하지 못하고 사람을 치기라도 했다면, 인파에 떠밀려서 누가 물에 빠지기라도 했다면 어땠을지 생각만으로도 아찔해요.

누군가가 나서서 어떤 조합에서 설치한 마이크와 확성기를 빌려 오더니 컨테이너 위에 올라앉아 있던 저한테 발언을 하라고 했어요. 처음에는 손사래를 쳤어요. 연설을 할 생각으로 메시지를 올린 게 아니었으니까요. 저보다 말을 잘하는 사람도 많고, 어휘가 풍부하고 아이디어가 좋은 사람도 많잖아요. 덜컥 겁이 났어요. 하지만 결국 톰, 리나, 파니, 그리고 또 다른 친구들의 응원에 힘을 내서 도망치지 않고 마이크를 잡았죠. 왜 메시지를 올렸는지 설명하고, 아무렇지도 않게 계속해서 지구를 망가뜨리는 사람들에 맞서 힘을 합치자고 호소했어요.

그 영상을 다시 보게 될 때마다 저는 깜짝깜짝 놀라곤 해요. 영상에서 저는 말을 더듬고, 망설이고, 벌벌 떨고, 진땀을 흘리죠. 마이크 앞에 선 저는 영 어색해 보여요. 이 영상이 촬영된 게 아주 먼 옛날 같다는 생각도 들어요.

그렇지만 수첩을 뒤적거려 보니 겨우 14주 전 일이더라고요.

14주 만에 많은 게 바뀌었어요. 금요일마다 시위에 참가하는 사람들이 늘어났어요. 제 생활에도 많은 변화가 있었죠. 훨씬 치열해지고, 훨씬 복잡해지고, 훨씬 다채로워졌거든요.

두 번째 시위 때부터는 시위대가 도시 전체를 점령했어요. 전국에서 기자들이 몰려들어 도대체 왜 이 운동이 다른 도시도 아니고 여기, 빙하로 둘러싸인 호수 가장자리에 있는 우리 도시에서 시작됐는지를 취재했죠. 이제 제가 나서서 시작된 시위는 전국적으로도 규모가 큰 시위가 됐어요. 우리 모두는 한 팀이고, 절대 그만두지 않을 거예요.

3. 일요일

하루 종일 과제를 했어요. 밀린 공부를 하고, 수학 연습 문제를 다 풀고, 프랑스어 작문까지 마쳤죠. 기억이라는 작문 주제가 마음에 들었어요. 할머니, 아빠, 사촌들까지, 우리 가족에 대해 떠올려 봤어요. 정신없이 하루를 보내다 보니 정작 내 소중한 '할머니의 공책'을 펼칠 여유가 없더라고요. 다음번에는 시간을 계획적으로 활용해야겠어요. 하지만 한편으로는 할머니한테 편지를 쓰고 싶을 때만 자유롭게 쓰는 편이 나은 것 같기도 해요. 누군가를 의무감으로 대하는 건 그야말로 최악이잖아요. 할머니와 저 사이에는 있을 수 없는 일이죠.

4. 월요일

아침에 전철을 타고 가는데 전화가 와서 받아 보니 대통령 특별
보좌관이었어요. 나중에 리나한테 말했더니 누구를 말하는지 짐작
도 못 하더라고요. 결국 설명을 해 줘야 했어요. 보통 '대통령'이라
고 하면 당연히 우리나라를 이끄는 사람을 말하는 거지, 축구 클럽
이나 다른 단체 대표를 말하지는 않잖아요?

"차라리 이름을 얘기했으면 안 헷갈리잖아."

리나가 받아치는 걸 보니 기분이 조금 상한 눈치였어요.

"뭐, 그렇긴 한데, 대통령이라고 하면 대충 알아듣지 않나?"

더 이상 말을 덧붙이는 대신 이렇게 대답했더니 리나가 묻더라
고요.

"근데 그 보좌관이 네 번호를 어떻게 알아?"

"그게 뭐가 중요하겠어."

한숨 섞인 대답을 한 뒤, 프레데릭 베르통(이게 그 사람 이름이에요)과 무슨 얘기를 했는지 말해 줬어요. 그 사람은 제일 먼저 저더러 사람들이 하는 욕에 신경 쓰지 말라고 하더라고요. 그러더니 대통령이 원래도 환경 문제에 관심이 많았는데, 조카들이 태어난 뒤로는 더 많아져서 이제는 기후 위기에 집착하다시피 한다는 말을 장황하게 늘어놨어요.

그 사람이 쉬지도 않고 말을 쏟아 내는 바람에 저는 한마디도 못했지 뭐예요.

"바르바라 양, 대통령님 생각도 똑같습니다. 지구가 대통령님의 최우선 순위라는 말이죠. 이미 미국, 캐나다, 러시아, 중국, 또 우리 유럽 이웃 나라들에도 이런 입장을 밝히신 바 있어요. 최선을 다하고 계신답니다. 바르바라 양, 내 말을 믿어도 좋아요. 대통령님은 암사자처럼 투쟁하고 계세요. 지구 온난화, 빙하 해빙, 삼림 파괴, 대기 오염, 토양 오염, 해양 오염, 이런 모든 문제들에 관해 단호한 입장을 고수하고 계시죠. 오늘 아침에도 바르바라 양을 지지한다고, 청소년 여러분에게 놀라움을 금할 수가 없다고, 또 여러분의 활동을 대단히 고무적인 현상으로 생각한다고 말씀하셨습니다. 아무 거리낌 없이 환경을 오염시키는 몰지각한 사람들을 향해 소리 높여 외칠 수 있게 된 것도 여러분 덕분이라고 하셨어요. 바로 그렇기 때문에 청소년 여러분이 대통령님에게는 최고의 지지자인 것이며, 바로 그렇기 때문에 바르바라 양을 이번 금요일 점심 식사에 초대하신 겁니다. 금요일 시위 직전에 서로에게 최고의 후원자이자 최고의 동맹인 두 분이 함께하는 자리를 마련하시겠다는 거죠. 바르바라 양의 훌륭한 활동에 대해 고마움을 표하실 기회도 될 겁니다."

곧바로 대답하진 않았어요. 반바지에 운동화, 민소매 차림으로, '기후 챔피언'이라고 쓰인, 샐러드 볼만 한 트로피를 완벽하게 손질한 머리 위로 높이 치켜드는 대통령이 머릿속에 그려졌거든요. 무거워서 휘청거리다가 결국 트로피를 놓쳐 발끝에 떨어뜨리고 마는 모습이요.

이제 그만, 하고 속으로 외쳤어요. 여성의 편에서 활동한다면서 머리로는 여성혐오자나 할 법한 상상을 하고 있다니, 안 될 말이죠.

머릿속에 떠오른 이 이미지들을 바로 지워 버렸어요. 여성 대통령을 겨냥한 성차별적 발언들에 저 역시 세뇌된 건 아닐까요? 머리를 곱게 손질하고 멋내기용 운동화를 신더라도 운동은 할 수 있잖아요. 사실 중요한 건 그게 아니죠. 중요한 건, 대통령의 말이 행동과 일치하는지, 헬륨을 넣은 풍선같이 그럴싸하게 포장한 허풍은 아닌지, 아무 말이나 해 대는 건 아닌지 분간하는 거예요.

"바르바라 양?"

베르통 씨가 당황한 기색으로 제 이름을 불렀어요.

"바르바라 양?"

아마 침묵을 잘 못 참는 사람인가 봐요.

"네, 듣고 있어요."

"오전 중으로 초청장을 보내겠습니다."

저는 대답하지 않았어요. 생각 중이었죠.

"괜찮겠죠?"

답을 독촉하는 목소리에 걱정이 살짝 묻어 있었어요.

저는 사람들이 엄청나게 많이 몰려든 세 번째 시위 직후에 있었던 일을 떠올렸어요. 세계 여러 도시와 국가에서 온 청소년 대표단이 대통령에게 접견을 요청했고, 대통령은 집무실에서 우리를 맞이했죠. 전부 여자들로만 구성된 대표단이라 대통령은 더 흐뭇해했어요. 사진도 멋지게 나왔어요. 금색과 크림색 옷을 입고, 입술은 연어색으로, 볼은 복숭아색으로 칠한 대통령이 젊음, 호르몬, 에너지로 넘치는 여자 청소년들한테 둘러싸인 사진이었어요.

저는 초대를 거절했어요.

"거절한다고요?"

베르통 씨는 말문이 막힌 것 같았어요.

"도대체 왜요?"

"좋은 생각이 아닌 것 같아서요."

"왜죠?"

"각자 자기 자리가 있잖아요. 제 자리는 거리이고, 대통령님 자리는 베르통 씨를 비롯해서 또 다른 보좌관들이 있는 집무실이겠죠."

베르통 씨가 기분 나빠 하는 것 같지는 않았어요. 하지만 초청을 받아들이라고 계속 부담을 주더라고요. 그냥 빠져나갈 수 있는 문제가 아니라면서요. 그러더니 대통령의 초청을 거절하는 건 있을 수 없는 일이라고 딱 잘라 말하더군요. 예법을 딱히 중요하게 생각하지는 않는다고 대답하려는데 전화가 뚝 끊겨 버렸어요. 전철 통신 상태가 안 좋았던 거죠.

기분이 찜찜했어요. 잘못 처신한 건 아닐까, 실수를 한 건 아닐까 싶었죠. 위원회 친구들 의견도 들어 보지 않고 충동적으로 결정했다는 생각이 들었어요. 이 모든 게 저 혼자 한 일은 아니니까요. 그랬더니 후회도 되고, 의구심도 들고, 성급한 결정을 자책하게 됐어요.

그런 생각을 곱씹느니 파니가 보내온 주간 언론 보도 정리에 집중하기로 했어요. 파니는 뉴스 탐지기를 달고 다니는 것도 아니면서 흥미로운 기사를 쏙쏙 골라내는 재주가 있는 친구예요. 토막 기사부터 탐방 기사까지 전부 다 찾아내서 분석해요. 파니가 놓치는 주제란 없어요. 덕분에 저는 든든하게 무장한 기분으로 기자들의 질문에 대답할 수 있어요.

이번에는 기후 변화에도 아랑곳하지 않는 은행가의 인터뷰를 골랐더라고요. 물론 그 사람도 섬들이 사라지고, 토양이 건조해지고, 사막이 확대되고 있다는 사실은 인정했어요. 그러면서 기후 재앙은 물론이고 각종 공격에도 끄떡없는 주거 환경에 투자할 재력을 갖춘 사람들을 대상으로 엄청난 부동산 개발 계획을 추진 중이라고 하더라고요. 이런 식으로 허풍을 떨다니, 환멸스러웠어요. '미래의 건축'에 투자한다고 주장하면서, 정치적으로도 많은 지지를 받고 있다고 자랑까지 하잖아요.

숨을 깊이 들이쉬고 나서 다음 기사로 넘어갔어요. 대통령 선거 운동과 관련해 최대 후원자들과 오랜 지지자들을 언급한 기사였어요. 처음에는 파니가 왜 이런 기사를 골랐나 했어요. 기사에서 다루는 내용이랑 우리 시위가 무슨 상관이 있나 싶었죠. 그런데 후원자 명단을 찬찬히 읽어 보니 바로 이해가 됐어요. 거기에 그 끔찍한 은행가 이름이 있지 뭐예요. 방금 제 머리카락을 쭈뼛 서게 만든(제 더부룩한 곱슬머리로는 쉽지 않은 일이기는 해요) 바로 그 이름이요! 대통령이 정말로 환경 문제를 걱정한다면, 이런 사람의 후원을 받지는 않겠죠. 어떤 사람한테서 돈을 받으면, 그 대가로 뭔가를 돌려줘야 하잖아요. 동화 속에 사는 사람도 아니고, 그 은행가도 자기 돈을 공짜로 뿌리지는 않을 테고요. 당연히 대통령이 받은 돈만큼 뭔가를 해 주기를 바라겠죠. 예를 들어 '미래의 건축' 프로젝트를 실현하도록 돕겠다는 약속을 받은 건 아닐까요?

흠! 문득 이런 생각이 들었어요. 대통령이 거짓말쟁이는 아닐까? 특별 보좌관이 한 말과 달리 지구가 어떤 상태에 놓여 있는지 아무 관심도 없을 수 있잖아요.

대통령도 자신이 기후 변화가 초래할 막대한 피해에서 벗어날 수 있다고 생각하는 걸까요? 그 은행가에게서 새로 지을 부동산 단지에 한 자리 빼놓겠다는 약속이라도 받은 걸까요?

당장 결론을 내기에 아직 자료가 부족하긴 했어요. 이 문제를 더 깊이 파헤치고, 정보와 출처를 더 따져 볼 필요가 있었죠. 그런데도 이 은행가가 명단에 올라 있다는 사실을 그냥 지나칠 수 없더라고요. 의심이 싹트기 시작했어요.

생각하면 할수록 화가 났어요. 마음속에서 뭔가 부글부글 끓어올랐어요. 자꾸만 조여 오는 압박감을 늦추고 싶어서 음악을 들었어요. 라임이 잘 맞아떨어지고, 비트가 끝내주는 랩을 들으니 기분이 좀 풀렸죠.

학교 앞 역에 도착해 전철 문이 열리자마자 리듬에 맞춰 뛰쳐나와 계단을 전속력으로 뛰어올랐어요. 어찌나 화가 나던지 호수를 열 바퀴라도 돌 수 있을 것 같았어요. 지상으로 올라와 보니 특별 보좌관이 남긴 부재중 전화 표시가 수도 없이 쌓여 있었어요. 결국에는 음성 메시지를 남겼더라고요. 제가 전화를 일방적으로 끊어 버리고 통화도 일부러 거절한다고 생각했는지 잔뜩 화가 났더군요. 물론 말투야 여전히 상냥했지만 목소리가 미묘하게 달랐어요. 베르통 씨는 저를 협박했어요.

"바르바라 양, 후회할 겁니다."

할머니, 저는 이 메시지에 화가 치밀었어요. 할머니는 이해하시죠? 이건 공갈 협박이잖아요.

후회할 거라고? 도대체 무슨 뜻일까요?

날다시피 빠른 걸음으로 학교로 향했어요. 너무 화가 나고, 기분 나쁘고, 열 받고, 모욕적이었거든요. 그런데 갑자기 카메라 기자, 사진 기자, 취재 기자 한 무리가 저를 보자마자 제 쪽으로 전력 질주를 하는 거예요. 인터뷰 욕심에 장비는 거리에 내팽개치고서 말이죠. 말 그대로 저한테 덤벼들더니 덮치는 게 아니겠어요? 무서웠어요. 제 이름을 불러 대고 휘파람 소리를 내면서 주의를 끌려고 하더니 금요일에 대통령과 만나는 자리에 자기들도 가겠다는 거예요.

저는 그 말에 멈칫했어요.

"어떻게들 아셨어요?"

"보도 자료가 나왔어!"

취재진이 한목소리로 대답했어요.

"무슨 보도 자료요?"

턱수염 난 기자 한 명이 제 눈앞에 휴대폰을 들이밀었어요. '바르바라 알베스 양이 대통령의 오찬 초청을 수락했다. 두 사람은 이번 금요일 오후로 예정된 청소년 주도 기후 변화 대응 촉구 시위 직전에 만날 예정이다.'

도무지 믿기지가 않았어요. 대통령이 저와 함께 행진할 생각일까요? 그렇다면 프레데릭 베르통은 이미 모든 게 결정됐다고 생각한 걸까요? 제가 싫다고 말했는데, 제 거절을 무시했다는 거잖아요. 싫다는 말의 의미를 모르는 사람이 또 있다니요. 속에서 화가 부글부글 들끓었어요. 왜, 애니메이션에 나오는 사람들 있잖아요. 얼굴이 붉으락푸르락하면서 귀에서는 김을 뿜고, 머리 위로 불꽃이 번쩍거리는, 그런 사람들처럼요. 저는 완전히 폭발 직전이었어요.

붐 마이크와 인터뷰용 마이크에 둘러싸인 채, 저는 숨을 크게 들이마시고 작은 목소리로 '아니에요' 하고 말했어요. 하지만 사람들이 웅성거리는 소리에 제 말은 묻혀 버렸죠. 그래서 목소리를 높여서 '아니에요'를 되풀이했어요.

"아니라니?"

누군가가 날카롭게 되물었어요.

"아니라고요."

다시 단호하게 대답했어요. 잠깐 말을 멈춘 다음, 한 사람 한 사람의 눈을 똑바로 보면서 말했죠.

"저는 대통령님과의 오찬에 가지 않아요."

"왜 안 가지?"

취재 노트, 녹음기, 카메라 틈으로 누군가가 물었어요.

"제가 옹호하는 대의는 지체할 수 없는 급박한 문제이기 때문이에요. 말과 행동이 딴판인 사람과 점심 먹을 시간은 없어요."

그러자 어떤 여자 기자가 물었어요. 사람들에 가려 얼굴은 보이지 않았죠.

"그게 무슨 뜻이죠?"

그 기자가 어디에 있는지 눈으로 찾으려 했어요. 저한테 높임말을 쓰는 기자라니! 시위 초기부터 저는 기자들한테 반말이 더 편하다고 말했어요. 높임말을 들으면 제 또래 청소년보다 뭔가 더 위에 있는 것 같고, 다른 친구들과 멀어질 것 같았거든요. 저는 그냥 평소처럼 지내고 싶었어요. 일상에서 저한테 높임말을 하는 어른은 아무도 없으니까요. 대통령 특별 보좌관은 예외로 치고요.

그 기자가 취재진을 헤집고 나온 덕분에 사람들의 팔과 온통 뒤얽힌 케이블 틈으로 겨우 얼굴을 볼 수 있었어요. 젊은 기자더군요.

"대통령이 약속을 지키지 않는다는 말인가요?"

저와 나이 차이가 그렇게 많이 나지 않을 것 같은 기자를 바라보며 말을 고른 뒤에 입을 열었어요. 그렇다고 해서 잘 돌려서 말하는 데 성공했다는 얘기는 아니에요.

"대통령님은 거짓말쟁이에요. '허언꾼'이죠."

취재진이 깜짝 놀라 저를 주목했어요.

"대통령님은 기후 재앙을 해결하려고 노력한다고 주장해요. 하지만 구체적으로 무슨 일을 하고 있죠?"

붐 마이크와 인터뷰용 마이크를 든 기자들이 한마디 말도 없이, 아무 소리도 없이 더 가까이 다가왔어요. 카메라들이 제 몸에 닿을 지경이었죠. 어떤 기자가 이제야 깨달았다는 듯이 중얼거렸어요.

"허언꾼이라……."

"그런 사람한테 속아 넘어가거나 휘둘릴 수는 없어요."

이렇게 설명한 다음 덧붙였어요.

"거듭 말씀드리지만, 우린 지구를 지켜야 해요! 어쩌면 인류의 미래가 우리 손에 달려 있는지도 몰라요. 과장된 표현이 아니라, 실제로 그렇잖아요. 과학자들이 내놓은 보고서들만 봐도 그래요. 호숫가에 자리한 이 도시가 이번 세기말이면 해수면 상승 때문에 사라져 버릴지도 모른다는 건 이미 잘 알려져 있죠. 이건 공상과학 얘기가 아니에요. 자료가 뒷받침하는 사실이죠. 그런데 우린 뭘 하고 있나요? 왜 당장 대책을 마련하지 않는 거죠?"

기자들은 눈을 동그랗게 뜨고 저를 바라봤어요. 처음 듣는 얘기도 아니었을 텐데, 혼란스러운 눈치였어요. 생각할 시간을 갖도록 내버려 둔 채 수업 시작을 알리는 벨 소리를 들으며 마이크들 틈으로 슬그머니 빠져나왔어요.

후회는 전혀 없어요. 복도에서 페디를 마주쳤는데, 저한테 미소를 짓더라고요. 뭐, 아무튼 제 눈엔 그렇게 보였어요.

곧바로 인터뷰 사진들이 인터넷에 돌아다니기 시작했어요. 제 휴대폰으로는 메시지가 쏟아져 들어왔죠. 위원회 멤버들이 저더러 미친 거 아니냐고 묻더라고요. 제가 기자들 앞에서 대통령의 초청을 거절했다고 밝히고 대통령을 비난했다고 SNS에서도 난리가 났죠. 폭주하듯 올라오는 댓글과 게시물 중에서는 저를 적극적으로 지지하는 반응이 아예 없지는 않았지만 대부분은 부정적이었어요. 여기저기 메시지를 보내서 위원회를 소집해 수업이 끝난 뒤 호숫가에 있는 카페에서 토론하기로 했어요. 거의 전원이 참석했어요. 우리 학교에서 제일 먼 학교에서도 대표단을 보냈더라고요.

카페에 들어서는 순간, 못마땅한 눈빛이 쏟아졌어요. 비난과 질문 세례가 바로 이어졌죠. 다들 도대체 무슨 생각으로 그랬냐며, 제가 폭주한 이유를 듣고 싶어 했어요. 버스 꽁무니에 커다란 얼굴

사진이 붙더니 돌아 버렸어? 유명해지더니 눈에 뵈는 게 없어?

얼굴이 달아올랐어요. 마지막 질문 때문에 마음이 아팠죠. 위원회 친구들 얼굴을 찬찬히 들여다봤어요. 친구들이 지나치다고 비난할 수가 없었어요. 제가 실망시킨 거니까요. 친구들 말에도 일리가 있었어요. 제가 과했죠. 그런데 할머니, 만일 제가 저한테 쏟아지는 스포트라이트에 아무 관심이 없는 게 아니라면 어쩌죠? 저 역시도 다른 사람들의 관심을 끌고 싶은 거라면요?

어쨌든 친구들한테 사과했어요. 다 제 탓이니까요. 감정에 이끌려 폭주했다고 인정했어요. 분노가 지나쳤어요. 냉정을 잃은 데다가 위원회 생각은 하지도 못했어요. 친구들과 상의하기 전에는 초청을 수락할 수도, 거절할 수도 없다고 특별 보좌관에게 대답해야 했어요. 미처 피할 새도 없이 학교 앞으로 들이닥친 취재진 앞에서도 마찬가지였죠. 보좌관이 일하는 방식에 기분이 상했다고 친구들한테 설명했어요. 제 뜻과 상관없이 저를 이용하고, 조종하고, 대통령과의 오찬에 참석하도록 강요하는 것 같았다고요. 분노가 치밀어 오르다 못해, 나름대로 잘 다스렸다고 생각했는데도 결국 폭발했다고 말이에요.

제 진심 어린 얘기에 친구들도 마음을 풀고 공감해 줬어요. 누가 누굴 가르치려고 모인 자리는 아니었으니까요. 곧 깊이 있는 토론이 시작됐어요. 저를 포함해 모두 같은 고민을 했죠. 한편으로는 누구든 만나 우리의 입장을 알려야 한다는 생각이 들었어요. 다른 한편으로는 그렇게 우리와 사진이나 찍으면서 이미지 메이킹을 하려는 사람들을 만나 에너지를 낭비하고 시간을 허비하는 게 무슨 의미가 있나 싶기도 했어요. 사실 여러 국가 지도자 대부분이 우리 앞에서는 어쩜 그렇게 책임감이 뛰어나고 성숙하고 귀여운데다 야무지기까지 하냐며 감탄을 늘어놓고 흥분하죠. 그러면서 이렇게 풋풋한 청소년들을 만나니 갈증이 다 풀리는 것 같다는 둥 생각이 바뀌었다는 둥 떠들어 대지만, 실상 그 사람들은 자연이 훼손되고 황폐화되는 근본적인 원인을 바꿀 준비가 안 돼 있어요. 심지어 서로 잘못을 뒤집어씌우고 책임을 전가해요. 다른 사람들이 안 움직이는데 나 혼자 뭘 어떻게 해? 꼼짝도 할 수 없지. 나 혼자 갈 수 있는 길이 아니잖아. 이게 그 사람들이 하는 변명이죠. 결국 우리는 투표를 했어요. 그 결과 만장일치로 제 뜻을 존중하기로 했어요. 제 결정이 옳았다는 생각이 들어 안심이 됐어요. 하지만 이번 일을 통해 얻은 교훈을 마음에 새겨야겠어요.

5. 화요일

학교에서 돌아오자마자 침대에 누워 버렸어요. 피로가 몰려왔거든요. 엄마 아빠한테는 공부와 시위 모두 포기하지 않겠다고 약속했지만, 두 가지를 병행하기란 쉽지가 않아요. 휴대폰으로 뉴스를 확인했어요. 지구 온난화 때문에 북극 다음으로 많은 피해를 입은 지중해 관련 기사를 훑어봤죠. 그런데 그 지역 주민 수가 5억 명이나 된대요. 생각을 멈추고, 인터넷은 그만 보면서 머리를 비워야겠어요. 하지만 수업 거부를 권장하는 움직임이 무책임하다고, 수업 시간 외에 모이자는 결정을 할 때 청소년들의 운동이 신뢰를 얻을 수 있을 것이라고 국회의원들 앞에서 외쳐 댄 장관에 대해 여론이 어떤지 궁금해졌어요. 별 호응은 못 받았더라고요. 야당 의원들이 야유를 퍼부은 모양이에요. 노동자들은 그럼 뭐, 휴가라도 내서 파업을 해야 하나요?

6. 수요일

　월요일 인터뷰가 SNS에 계속해서 올라오고 있어요. 뉴스도 온통 제 얘기예요. 제 말 한 마디 한 마디를 낱낱이 분석해요. 의견도 제시하고, 비판도 하고, 인용도 하죠. 기자들은 메시지를 남기고요. 방송국 스튜디오에 나와서 제가 한 말을 다시 설명해 달라고들 하는데, 다 거절하고 있어요. 리나 말로는 사람들이 위원회 SNS로 몰려들어서 제 결정에 대해 의견을 나눈대요. 동의하는 사람들이 대부분이지만 반대하는 사람들도 있나 봐요.

　내키지 않았지만 제가 취재진에게 답변하는 영상을 봤어요. 도대체 이 영상이 왜 그리 자주 나오고, 사람들이 왜들 그렇게 떠들어 대는지 이해해 보려고요. 제 모습을 보고, 제가 말하는 걸 듣는 게 고역이에요. 저는 제 얼굴이 싫어요. 목소리도 못 견디겠어요. 컹컹 짖어 대는 거 같거든요. 사방으로 뻗친 돌돌 말린 곱슬머리도 못 참겠어요. 또 제가 하는 말도요. 다른 단어를 골랐어야 하는 거 아닐까? 단어 순서라도 좀 바꿀 걸 그랬나? 충분히 적확하고, 충분히 명료했을까? 몇 주 전부터 우리 모두 함께 주장한 얘기를 가져다 말했어야 하는 건 아닐까? 우리가 수업을 빠지는 이유는 어른들이 행동에 나서도록 설득하기 위해서예요. 어른들이 우리 미래를 도둑질하고 있잖아요. 지구가 이 지경이 된 게 우리 탓은 아니지만, 지금 아무것도 하지 않으면 결국 그 책임이 우리에게 돌아오겠죠.

할머니, 사람들이 무엇 때문에 충격을 받는지 사실 이해가 안가요. 제가 대통령에게 '싫어요'라고 말한 게 왜 놀랄 일이죠? 제 '싫어요'에 왜들 그렇게 충격을 받고, 경악할까요? 사람들은 제가 막돼먹고 버릇없는 아이라고들 해요. 제가 하는 말, 확고한 태도, 용기를 칭찬하는 사람들도 있어요. 다 과장된 얘기 아닐까요, 할머니? 지구를 위해 행동한다고 해서 제가 영웅은 아니잖아요. 저는 미국 흑백 분리 정책에 맞서 싸운 로자 파크스도 아니고, 제2차 세계 대전 때 독일 나치즘에 대항한 소피 숄도 아니고, 사막화가 휩쓴 케냐에서 그린벨트 운동을 펼친 왕가리 무타 마타이도 아니에요. 어른들이 조금 덜 이기적으로, 조금 더 성숙하게 행동하기를 소망하는 평범한 청소년일 뿐이죠. 대통령의 식사 초대를 거절하는 일이 그렇게 이상한가요? 대통령의 말과 행동이 일치하지 않는다는 사실을 알아차린 게 그렇게 놀라운가요? 사람들은 대통령이 행동하기를 기대하면서 선거에서 한 표를 던진 게 아닌가요?

머릿속이 생각, 단어, 이미지 들로 뒤죽박죽이에요. 미디어에 등장하는 바르바라가 진짜 바르바라를 밀어내지 못하도록 급히 음악을 틀었어요.

하지만 침묵이 더 낫다 싶더니, 단번에 깊이 잠들어 버렸죠.

오후 늦게 간식 시간 무렵 소스라쳐 깼어요. 머리가 아팠어요. 양귀비씨를 넣은 레몬 케이크를 만들어 봤어요. 계란이나 버터를 넣지 않는 요리법으로요. 코코넛 오일, 바닐라, 두유, 그리고 꿀이 조금 들어가죠. 조리스가 맛을 보더니 얼굴을 찌푸렸어요. 맛이 없지는 않은데, 전통적인 요리법으로 만든, 설탕이 많이 들어간 케이크가 더 좋대요. 무슨 뜻인지 알아듣고, 버터와 맥주를 넣은 와플을 만들어서 잼과 함께 줬어요. 엄청 좋아하더라고요. 조리스는 엄마 아빠가 집 안 복도 붙박이장에 보관해 둔 앨범과 사진 더미에서 자기 사진들을 찾아서 저한테 보여 줬어요. 엄마 아빠는 정리를 잘 안 해요. 조리스는 헤드랜턴으로 무장하고는 붙박이장 아래 칸에 은신처를 만들었어요. 거기서 몇 시간이고 만화책을 읽고, 벌써 수백 번은 넘게 본 사진들을 다시 보곤 하죠. 자기가 커간다는 사실을 확인하는 게 좋은 모양이에요. 그중에는 꼬맹이 조리스가 새하얀 꽃을 잔뜩 피운 목련 한 그루와 아직 갈색으로 헐벗은 나무 한 그루 사이로 비둘기들 뒤를 따라 뛰는 사진도 있었어요. 사진 속 정원이 기억나요. 바로 할머니가 입원해 있던 병원이잖아요. 사진 속에는 조리스와 함께 새들 뒤를 쫓아 달리는 할머니의 옆모습도 보여요. 조리스에게 한마디 했어요. 지나간 삶의 부서지기 쉬운 흔적이자 소중히 다뤄야 할 유산인 이 사진들을 막 다루면 안 된다고요. 그랬더니 자기는 바보가 아니고, 사진을 보고 난 다음에는 잘 정리해 둔다고 하더군요. 붙박이장 은신처까지 따라가서 확인해 보니, 정말로 박물관 관리인이라도 된 양 조심스럽게 다루고 있었어요. 게다가 할머니 옆모습이 보이는 그 사진은 아무 데나 두지 않고, 제가 처음 보는 오렌지색 종이 상자에 따로 보관하더라고요. '할머니 상자'라는 이름까지 붙여 뒀던걸요. 조리스가 상자 속에 뭐가 있는지 보여 줬어요. 아빠가 간직하고 있는, 우리 소중한 할머니의 물건들이 다 들어 있는 보물 상자였어요. 사진, 편지, 서류 같은 것들 말이에요. 신문 기사가 가득 담긴 커다란 봉투도 있었어요. 할머니의 소송과 관련된 것들이죠. 조리스의 시선이 느껴졌어요. 할머니 얘기를 듣고 싶은 걸까요? 아빠도 아직 아무 말 안 했을 거예요. 사실 저만 해도 얼마 전에야 알게 된데다가, 아직 전부 다 이해한 것도 아니거든요. 열 살짜리 꼬마에게 이런 일을 어떻게 설명할 수 있겠어요? 곁눈으로 살펴보니 뭔가 알긴 아는 것 같더라고요. 그냥 비밀을 공유하고 싶은 눈치였어요. 그래서 물어봤어요.

"읽어 봤어?"

조리스는 심각하게 고개를 끄덕이면서도 굳어진 표정을 풀지는 않았어요.

"이해가 됐어?"

"응, 대충은."

"할머니가 왜 법정에 갔는지도 알아?"

"법정이랑 감옥에. 응, 알아."

그렇게 진지한 모습은 처음이었어요. 겨우 열 살이면서도 제법 진지하게 굴기에 좀 놀랐어요.

"그럼 누나는? 누나도 읽어 봤어?"

조리스의 질문에 저는 고개를 내저었어요. 제가 아는 얘기는 다 아빠와 삼촌들에게서 들은 거니까요.

"아빠한테는 아무 말도 하지 마. 당장은."

저는 그렇게 하겠다고 약속했어요.

"아무도 이 얘기를 안 해."

조리스의 지적에 설명을 해 줬어요.

"아빠한테는 힘든 일이야."

"우리한테도 마찬가지지."

저는 동의한다는 뜻으로 눈을 깜박여 보였어요. 우리한테도 힘든 일이죠. 맞아요.

"있지, 누나, 나 기사 전부 여러 번 읽어 봤어."

조리스는 입을 꾹 다물고 눈은 크게 뜬 채로 제 반응을 살폈어요.

"왜?"

"이해하기도 힘들고, 믿기도 힘들어."

"나도 그렇게 생각해."

조리스는 한숨을 쉬고 눈살을 찌푸리더니 말을 돌렸어요. 할머니가 병째로 레모네이드를 마신 다음 빈 병에 색 바랜 꽃다발을 꽂아 두던 것, 병원 밖으로 할머니와 산책을 나간 것, 할머니가 바닥에 누워 달팽이 껍데기를 귀에 대고 바닷소리를 듣던 것도 기억하더군요. 그때 우린 아무도 웃지 않았죠. 다들 빈 껍데기를 찾아서 할머니처럼 파도 소리와 갈매기 울음소리를 들어 보려고 했잖아요. 할머니와 함께 있을 때면, 드넓은 세상이 기상천외한 일들로 가득한 것만 같았어요. 조리스는 또 할머니의 비디오에 꽂혀 있던 유일한 영화도 기억하고 있었어요. 로버트 와이즈 감독의 『사운드 오브 뮤직』말이에요. 할머니와 함께 때로는 전부, 때로는 일부를 수십 번씩 원어 버전으로 보곤 했죠. 줄리 앤드류스가 부르는 노래의 후렴구를 할머니가 이어 가기 시작하면 우리 모두 함께 따라 불렀죠. 가족 합창단이 된 것처럼요.

조리스도, 저도, 다른 사촌들도 할머니의 병을 무서워하지 않았어요. 다들 할머니를 있는 그대로 받아들였어요. 정신착란증 환자에, 다른 사람들과 그토록 달랐던 할머니를요. 우리에게 할머니는 숨겨진 보물이었어요. 우리 중 아무도 할머니가 정말로 어떤 사람인지를 그 누구에게라도, 제일 친한 친구에게라도 털어놓을 생각조차 못 했어요. 수업이 끝나면 간식거리를 가지고 교문 밖에서 기다리고, 수업이 없는 수요일이면 같이 외출도 하는 평범한 할머니 할아버지를 둔 애들한테 그런 얘기를 어떻게 하겠어요?

할머니를 그저 미쳤다고 말하기는 싫어요. 다른 사람들이 소리나 색깔을 가지고 놀듯이 할머니는 단어를 가지고 놀았어요. 공책에 시를 베껴 쓰고 큰 소리로 낭송하곤 했죠. 오렌지색 상자를 뒤져 봤지만 그 공책은 없었어요. 어떤 때는 동글동글 길쭉하고, 어떤 때는 요동치듯 구불구불한 할머니의 글씨체를 조리스에게 보여주고 싶었는데 말이에요. 아픈 사람들을 격리하는 경우가 종종 있다고 설명해 줬어요. 아프다고 해서 질병이 그 사람을 규정할 수 없다는 사실을 우리는 잊어버리는 것 같아요. 할머니, 할머니는 이상하다는 말로는 설명할 수 없는 사람이었죠. 상황만 달랐어도 교사든, 셰프든, 시인이든, 뭐든지 될 수 있었을 거예요. 조리스에게 흔히 말하는 '미친 사람'도 사람이고, 인간의 눈에 다른 인간은 미쳐 보이는 법이라고도 말해 줬어요.

　조리스는 가만히 제 말에 귀를 기울였어요. 이런저런 생각과 감정으로 머릿속이 복잡한지 눈빛이 흔들리더라고요. 그러다 갑자기 손목시계를 들여다보고는 유도 수업에 지각하면 안 된다고 하는 거예요. 시간이 충분히 남았다는 걸 알고 있었지만, 아무 말도 안 했어요. 마음이 얼마나 혼란스럽고 어수선한지 느낄 수 있었거든요. 다른 일로 넘어갈 때가 된 거죠.

　자전거를 타고 둘이서 같이 집 밖으로 나왔어요. 머리카락을 바람에 휘날리며 경쾌하게 페달을 밟았어요. 자전거를 타니 기분이 좋아져서 바보처럼 굴고, 아무것도 아닌 일에 웃음을 터뜨렸어요. 세 번째 사거리에서 조리스는 유도장 쪽으로, 저는 시립 수영장 쪽으로 갈라졌어요.

　탈의실은 허름하고, 샤워실도 낡고, 파란 타일 두 개 중 하나에는 금이 가 있어요. 어린아이들로 가득 찬 복도를 따라 걸었어요. 밖에서는 부모님들이 기다리고 있겠죠. 거울 앞에 선 제 모습에서 할머니의 얼굴이 조금 보였어요. 할머니와 피부색이 똑같지는 않지만요. 할머니가 저를 통해 계속 살아가고 있다는 생각이 들었어요. 실리콘 수영 모자와 파란색 다이빙 마스크를 고쳐 썼어요. 저는 수경보다 다이빙 마스크가 좋아요. 자국이 덜 남거든요. 할머니는 수영을 못하고, 바다를 무서워했죠.

수영장 물이 얼음장 같았어요. 높은 의자에 앉은 안전요원들이 사람들을 주의 깊게 살피고 있었어요. 레인을 여러 차례 오가니 긴장이 다 풀렸어요. 샤워를 마친 뒤 몸을 닦고 나왔죠. 해가 저물기 시작한 거리로 나서자 새롭고, 산뜻하고, 주름이 펴진 기분이 들었어요. 기운을 되찾은 거예요.

　밤늦게 잠이 깼는데 다시 잠들지 못했어요. 침대에서 나와 복도로 가, 사진을 보관하는 붙박이장 불을 켰어요. 다른 불은 하나도 켜지 않고요. 오렌지색 상자를 뒤져 보다가 물결 모양 테두리 장식이 된 사진을 골라냈어요. 할머니 혼자 미소를 짓고 찍은 젊은 시절 사진이에요. 뒷면에 휘갈겨 쓴 날짜를 보니 지금 제 나이쯤에 찍은 사진이더라고요. 사진 속 철책을 보고 할머니가 어릴 때 살던 집이라는 걸 알아봤어요. 엄마가 사진첩에 붙여 둔 다른 흑백 사진들에서도 본 적이 있거든요. 직접 가 본 적은 없지만요. 할머니는 정원이 딸린 작은 집에 살았다고 자주 말했죠. 정원 한편에서는 할머니의 아버지가 합성 농약이나 화학 비료를 쓰지 않고 텃밭을 일궜고요. 그렇다고 해서 유기농의 선구자도, 전문적인 정원사도 아니었어요. 그저 다른 이웃들처럼, 시장에 가서 채소를 사는 것보다 돈이 덜 드니 직접 기른 거였어요. 할머니의 어머니는 꽃을 더 좋아했다죠. 사진 속 할머니 뒤편으로는 그분이 특히 좋아했다던 장미나무들이 보여요. 할머니, 사진 속에서나 실제 삶 속에서나 할머니는 아름다웠어요. 저는 그 사진을 제 공책 사이에 끼워 뒀어요.

ㄱ. 목요일

아빠는 할머니에 대해 별 얘기를 안 해 줬어요. 최소한으로 그쳤죠. 제 질문에 대한 대답도 제한적이에요. 질문을 피하지는 않지만, 그렇다고 필요 이상 말하는 법도 없죠. 사랑하는 할머니, 아빠는 할머니 얘기를 힘들어해요. 상처가 흉한 자국으로 남았거든요. 벌써 몇 년이나 지났지만, 아직도 다 아물지 않았어요. 언제든 다시 벌어질 수도 있겠죠. 아빠가 다른 사람들한테는 상처에 대해 아무 말도 하지 않지만, 저는 느낄 수 있어요. 아빠를 도울 준비는 되었지만, 상처를 들추고 싶진 않아요.

아빠는 할머니가 얼마나 솜씨 좋은 요리사였는지에 대해 말하는 편을 좋아해요. 저도 그래요! 아빠의 묘사만 들으면 꼭 어린 시절을 온통 부엌의 열기 속에서 보낸 사람 같다니까요. 혀에는 바닐라 향을 넣은 프렌치토스트의 맛이, 코에는 프라이팬에서 녹아내리는 가염 버터 향이 아직도 느껴진대요. 지금도 할머니가 계란과 우유를 휘젓던 박자에 맞춰 심장이 뛴다고 했어요. 할머니가 자주 해 주던 음식 중에서 아빠는 밤 케이크, 레몬 타불레, 화이트 치즈 케이크, 로크포르 치즈를 넣은 꽃양배추 테린, 헤이즐넛 파이, 오렌지꽃 향 브리오슈, 렌틸콩 수프, 사과와 양귀비씨를 넣은 페이스트리를 최고로 꼽아요. 저한테도 다 익숙한 요리들이에요. 죄다 제 미뢰에 새겨진걸요. 아빠가 그 요리들을 하도 많이 해 줘서, 아빠가 기억하는 맛이 고스란히 제 것이 돼 버렸어요. 우리가 물려받은 유산이죠. 할머니의 요리법이 우리 내면 세계를 가득 채우고 있어요. 할머니의 유산은 범죄 전문 기자들의 기억에 남은 할머니의 모습과는 딴판이에요. 우리는 할머니를 닮아 맛있는 것을 만들어 함께 나눠 먹는 걸 좋아하죠.

아빠는 스스로를 과소평가하는 경향이 있어요. 아빠로서도 어쩔 수 없나 봐요. 할머니의 솜씨에 못 미친다고는 하지만, 할머니의 특제 요리들은 어느덧 아빠의 특제 요리들이 됐어요. 아빠는 할머니의 요리법을 공책에 기록해 뒀어요. 첫 장은 따옴표 안에 써 둔 문장으로 시작해요.

"무엇을 먹는가에 따라 내면이 만들어지고, 무엇을 먹는가에 따라 외부 세계가 형성된다."

할머니는 종종 주문을 외우듯이 큰 소리로 이렇게 말해 주곤 했다죠. 대표적 미식가인 장 앙텔므 브리아 사바랭이 1825년에 한 말과 함께 말이에요. "당신이 무엇을 먹는지 말해 주면 당신이 어떤 사람인지 말해 주겠다."

아빠는 공책에 무슨 재료를 얼마나 넣고 어떻게 조리해야 하는지를 써넣는 데 그치지 않고, 직접 관찰한 내용과 요리법 각각에 대한 의견도 덧붙여 뒀어요.

그 공책은 이제 제 것이 됐어요. 제 영감의 원천이죠. 요리법 개발에도, 삶 자체에도요. 요리사가 돼서 할머니의 뒤를 잇고 싶다고 했더니 아빠가 선물로 줬어요. 아빠가 이 공책을 찾으러 부엌 찬장으로 다가가던 모습이 지금도 눈에 선해요. 아빠가 어릴 때부터 봐 온, 할머니의 부엌에 있던 찬장이 지금은 우리 집에 있어요. 아빠는 할머니가 남긴 가구 중에서 단 하나, 나무에 꽃무늬가 새겨지고 문도 잘 닫히지 않는 그 찬장을 골랐죠. 저는 아빠에게서 눈을 떼지 않았어요. 아빠는 다시 제 쪽으로 오더니 저를 어린 시절 추억의 수호자로 임명하듯이 엄숙하게 공책을 건넸어요. 아빠의 기억 속 할머니는 안쪽에서 문을 걸어 잠근 부엌이에요. 아빠는 의식적으로 바삭하고, 달콤하고, 먹음직스럽고, 맛있는 것만 남기고 나머지는 전부 몰아내 버렸죠. 시고 큼큼한 건 부숴 버리고, 가

루로 만들어 버리고, 분해해 버리고, 역한 건 산산조각 내 버리고, 악취가 나는 건 파괴해 버렸어요.

최근에 공책을 뒤적거리다가, 할머니가 그 시절에 벌써 과일과 채소를 중요하게 여겼다는 사실을 알게 됐어요. 가족 중에서 제가 가장 앞서 있다고 생각했는데, 할머니가 더 빨랐던 거예요. 저는 열두 살 때 채식주의자가 됐어요. 이슬람교, 유대교, 불교, 그 밖에 어떤 종교를 믿기 때문이 아니지만, 중학교 때 급식 아주머니는 제가 고기는 빼고 달라고 할 때마다 매번 물었어요.

"무슬림이니?"

"아니요, 채식주의자예요! 고기, 생선, 계란은 다 안 먹고, 유제품도 되도록 안 먹으려고 해요."

"저런, 건강에 안 좋은데! 영양 결핍이 되면 어쩌려고? 부모님이 아무 말씀 안 하시니?"

"종교가 있으면 건강에 좀 나은가요?"

그럼 아주머니는 마지못해 고기를 빼고 음식을 담아 줬지만, 제가 시리얼하고 채소만 먹는 걸 보느니 차라리 아무 신이라도 믿었으면 하는 눈치였어요.

아빠는 할머니가 셰프가 되고 싶었을 거래요. 사람들한테 명령을 내리는 게 좋아서가 아니라, 새로운 요리를 만들어 맛보고, 나누고, 기쁨을 주는 게 좋아서요. 할머니는 그렇게 만든 음식을 자식들이 먹고 맛있어서 눈을 동그랗게 뜨는 모습을 지켜보는 걸 좋아했죠. 아빠는 할머니를 닮았어요. 다른 사람들한테 맛있는 음식을 해 주면서 기쁨을 느껴요. 제가 엄마를 닮아 맛있는 걸 좋아하고, 요리나 케이크를 먹을 때면 맛에 대해 감상을 말하고 표현하기를 좋아하는 것처럼요. 가끔은 우리 가족이 먹고 먹이는 데 시간을 죄다 쏟아붓는 것 같다는 생각이 들어요. 어떤 도시나 나라에 가게 되면 항상 그곳 음식부터 먹거든요. 엄마는 식탁에 앉아야 비로소 다른 사람들에게 마음을 열고 친해질 수 있다고 주장해요. 할머니, 그러니까 제가 요리사가 되고 싶어 하는 건 놀라운 일이 아니죠? 저도 셰프가 되고 싶어요.

할머니, 어쩌면 제가 할머니의 꿈을 실현하기 위해 태어난 건 아닐까요? 후손이란 앞 세대가 미처 알지 못하고 보지 못해 완수하지 못한 일을 하기 위해 태어난 존재가 아닐까요?

제 선택을 존중해 달라며 고집을 부릴 필요는 없었어요. 엄마 아빠는 제 미래를 미리 설계해 놓거나 하지 않았거든요. 다른 집처럼 제가 대학에 가서 공부를 계속하겠다고 하면 안심했을지도 모르죠. 그런데 사실 그것도 잘 모르겠어요. 엄마 아빠는 항상 말했어요.

"바르바라, 너한테 바라는 건 딱 하나란다. 네가 정말 원하는 일을 하면서 최선을 다하는 것이지."

제가 정말 원하는 게 무엇인지 아는 건 그리 간단하지가 않아요, 할머니. 어떻게 하면 내 마음에 꼭 맞는 일을 찾을 수 있는지 알려 주는 설명서가 있는 것도 아니잖아요. 제가 왜 요리사가 되는 일에 이렇게 확신을 하는지 말로 설명하기는 힘들어요. 왜냐하면 저는 그냥 요리를 하려고 태어난 것 같거든요. 그래서 바칼로레아도 직업계 요리 분야로 등록했어요. 평생 요리사로 일할지는 모르겠지만, 지금으로서는 같은 반 친구들과 함께 학교 식당에서 일하는 목요일이 좋아요. 누구든지 올 수 있는 진짜 식당이에요. 점심과 저녁 식사 시간이면 우리는 더 이상 학생이 아니에요. 정말 프로들처럼 행동해야 하죠. 값을 치르고 식사를 하는 진짜 고객들을 만족시켜야 하니, 그냥 흉내만으로는 안 돼요. 다른 식당에 비하면 가격이 훨씬 저렴하지만, 어쨌든 까다로운 고객들도 있어요. 솔직히 가끔은 주방에서 일하든 서빙을 하든 요식업이라는 게 꼭 외줄 타기 같다는 생각이 들어요. 언제든 발을 잘못 디딜 수 있지만, 절대 줄에서 떨어지면 안 되죠. 손님들이 기다리니까요.

이번 주에는 톰(수업 때 같은 조예요)과 함께 홀에서 일했어요. 매주 서빙과 요리를 번갈아서 하는데, 저는 사실 서빙은 별로예요. 담당 선생님이 꼭 손님 앞에서 지적을 하거든요.

"아니, 바르바라, 그게 아니지. 테이블 세팅은 확인했니? 그리고 요리를 내가도 되는지 셰프님한테 여쭤봤니?"

어쩌고저쩌고, 어쩌고저쩌고…… 사람들한테 잘 보이려고 떠들어 대는 것 같아요. 꼬리를 부채처럼 활짝 펼치는 공작 같다니까요. 우리한테 노하우를 전수하는 것보다 사람들 눈길을 끄는 데만 신경 쓰는 거죠. 그런 어른들이 꼭 있다니까요. 아직 다 안 자란 것 같은 어른들이요. "잘하고 있어. 지금 그대로 좋아." 하고 격려해 준 사람을 한 번도 못 만난 모양이에요.

저는 메르시에 셰프님이 더 좋아요. 우리 요리 선생님 말이에요. 실수를 그냥 넘어가는 법이 없긴 해도 많은 걸 가르쳐 주죠.

어쨌든 오늘 아침에는 엄청 일찍 눈이 떠졌어요. 그렇지만 목요일이라는 이유만으로도 기분은 괜찮았어요. 신나게 방에서 뛰쳐나갔죠. 불행히도 즐거운 기분은 부엌에 들어가자마자 차갑게 식었어요. 엄마 아빠가 커피 잔을 앞에 두고 놀란 얼굴로 라디오에 귀를 딱 붙이고 있다가 제가 들어오는 걸 보더니 곧바로 꺼 버리지 뭐예요.

"그냥 듣지, 왜? 나도 뉴스 듣는 거 좋은데."

다시 라디오를 켜려는데, 아빠가 말리더라고요.

"왜?"

대답은 돌아오지 않았어요.

"밤새 어디서 무슨 큰일이라도 났어?"

겁이 나서 조심스럽게 물었어요. 계속되는 침묵에 불안해했더니

60

엄마가 금세 눈치채고 말했어요.

"아니, 아니, 걱정하지 마. 전쟁도, 지진도 아니야. 어쨌든 뭐 그렇게 엄청난 일은 아니란다."

저는 자리에 앉아 물었어요. 상황이 심각해 보였어요.

"그럼 뭐가 문제야?"

"문제가 말이지, 바르바라, 그게……."

제가 불치병에라도 걸린 것처럼, 아니면 알레르기 때문에 제 얼굴이 엉망이라도 된 것처럼 바라보는 게 마음에 안 들었어요.

"네가 문제야!"

마침내 아빠가 말했어요. 어젯밤 어떤 국회의원이 텔레비전에 나와서 제가 월요일에 한 말에 대해 언급하는 바람에 밤새 SNS가 떠들썩했다는 거예요.

"그래서 어떻게 됐는데?"

저는 매일 밤 너무 피곤해서 휴대폰을 꺼 놓기 때문에 좀 놀랐어요.

더구나 언론에서 저에 대해 떠들어 대기 시작한 뒤로는 저 스스로를 보호하기 위해서라도 잘 시간에는 인터넷에서 떠도는 온갖 구역질나는 얘기들을 보지 않으려고 해요. 하지만 사실 오늘 아침에는 사건이 얼마나 심각한지 제대로 이해하지 못했어요. 제 인터뷰가 마음에 안 들어서 엄마 아빠가 과장한다고 생각했죠. 어제 저녁을 먹으면서 이미 그런 얘기가 나왔고, 꾸중도 좀 들었거든요. 엄마 아빠 생각에, 저에게는 물론 표현의 자유가 있고, 제가 원하는 대로 생각할 자유가 있지만, 더 신중해질 필요가 있다는 거죠. 너무 직설적인 데다가 정면 돌파형이라서 문제래요. 대통령이 거짓말쟁이라고 단정 짓거나 '허언꾼'('허언증'이라는 단어에서 나온 말이고, '헌옷'하고는 아무 상관도 없는 말이라는 설명이 필요했지만, 어쨌든 말장난이긴 하죠)이라고 해서는 안 된다는 거죠. 그런 건 가까운 사이에서나 할 수 있는 말이고, 텔레비전 카메라 앞에서는 당연히 해서는 안 되는 말이라는 거예요. 무슨 말인지는 잘 알겠어요. 하지만 번복할 생각은 없어요. 이렇게 화제가 되고 그 이유에 대해 사람들이 말하게 되면 그것도 나쁘지 않잖아요.

엄마 말로는 사실 제 인터뷰 내용보다는 멜라니 뒤파스키에 의원이 보인 과격한 반응 때문에 일이 커진 거래요. 밤새 그 얘기로 시끄러웠고, 신문 1면 기사로 나오는가 하면 일부 방송에서는 새벽부터 그 얘기를 내보냈나 봐요. 저는 들어 본 적도 없는 이름이에요. 아빠는 그 사람이 대통령의 배후 인물이나 마찬가지인데, 최측근에 속하는 의원이라고 했어요. 누가 대통령을 조금이라도 공격할라치면 자동적으로 그 의원이 나선다고요. 말하자면 전쟁터의 척후병 같은 거죠.

"그 여자가 각적을 불면 사냥개 무리가 사냥감에 달려드는 거지.”

갑자기 엄마가 이렇게 말하는 게 아니겠어요?

“그게 무슨 말이야? 각적은 또 뭐고?”

“뿔피리 말이야. 각적을 분다는 건 누군가의 파멸이나 패배를 예고한다는 말이야.”

엄마가 설명해 줬어요.

“하지만 우린 패배한 게 아니잖아!”

저는 공포에 사로잡혀 소리치고 말았어요.

저뿐만 아니라 우리 모두는 기후 투쟁에서 승리하지 못할 수도 있다는 생각을 하면 끔찍할 정도로 불안해져요. 그래서 거리로 나가 큰 소리로 외치는 거예요. 다른 행성으로 이주를 할 수도 없는 노릇이잖아요. 선택의 여지가 없다고요.

엄마가 안심시키려는 듯이 말했어요.

“환경, 자연 보호, 삼림, 대기, 해양…… 멜라니 뒤파스키에는 이런 문제들에 쥐뿔만큼도 관심이 없는 게 분명해. 하지만 넌 말이지, 그 사람한테 완전히 찍혔어.”

“잘 버텨야 할 거다, 바르바라.”

아빠가 심각하고도 단호하게 말했어요. 주눅 들지 말라는 명령이라도 내리는 줄 알았다니까요.

“대통령이랑 점심을 같이 안 먹겠다고 해서 이 난리가 났다고?”

아빠는 분한 듯이 어깨를 으쓱했어요.

"차라리 그 특별 보좌관이 선택의 여지가 없다고 말해 줬다면 좋았을 텐데! 민주 국가에 살고 있는 줄 알았는데, 내가 잘못 생각했나 봐."

"그런 사람들 말을 해독하는 법도 배울 필요가 있지."

아빠가 이렇게 말했지만, 저는 여전히 납득할 수가 없었어요. 그보다 더 먼저 배워야 하는 일이 이미 잔뜩 있으니까요.

"그런 사람들이 보통 좀 과민한 편이긴 해."

엄마가 한마디 거들었어요.

"그럼 내가 가겠다고 했어야 한다는 말이야?"

엄마 아빠가 이상한 표정을 짓는 걸 보니, 만약 제 입장이었다면 달리 행동했겠다 싶었죠. 짜증을 오트밀 그릇 속으로 욱여넣고, 살구잼을 더 덜었어요. 그런 다음 다시 라디오를 켰죠. 이번에는 엄마 아빠도 뭐라고 하지 않았어요. 우리가 듣지 않는 동안에도 뉴스는 진행되고 있었어요. 계속 같은 얘기더라고요.

"이 아가씨는 사전을 펼쳐서 본인이 사용하는 말의 의미를 확인하는 게 좋겠어요."

어떤 여자가 금속성을 띤 날카로운, 로봇 같은 목소리로 말하고 있었어요. 얼굴빛이 하얗게 질린 아빠가 말했어요.

"그 여자야, 멜라니 뒤파스키에! 생방송으로 연결했어."

"헛수고는 아니었네."

엄마가 한탄했어요.

무슨 말을 하는지 귀를 기울여 봤어요. 계속해서 말을 이어 가더군요.

"하지만 이 어린 요리사는 독서와는 거리가 먼 것 같군요."

갑자기 몸이 움츠러들었어요. 이 국회의원의 말투를 들으니 이름도 기억하고 싶지 않은, 고등학교 1학년 때 선생님 한 명이 생각났거든요. 저한테 직업계 바칼로레아 등록을 하지 말라고 말리던 선생님이에요. 제가 그보다는 낫다나요. 심지어 교장 선생님한테 요청해서 부모님까지 소환했어요. 엄마 아빠는 두 선생님들 앞에서도 뜻을 굽히지 않았죠. 정해진 틀에 맞춰 다른 사람들의 기대에 부응하려고 애쓰는 것보다 자기 꿈을 좇으면서 실현하는 편이 낫다는 걸 지금까지 살아오면서 깨달았으니 제 선택을 존중한다고 했어요. 할머니, 할머니도 제 편을 들었겠죠?

황금시간대 방송에서 떠들어 대는 국회의원의 말을 들으며 엄마 아빠와 눈빛을 주고받았어요.

"대통령님을 모욕하다니, 이 아가씨가 다니는 학교에서는 이딴 걸 청소년들에게 가르친단 말입니까? 존경은 관념에 그치는 것이 아닙니다. 우리 사회생활에 불가결한 조건이죠. 이 아가씨의 부모님은 깜박하고 딸에게 이걸 가르치지 않았나 봅니다."

엄마는 태연한 체하려고 했지만, 혈압이 마구 오르고 있다는 게 눈에 보일 정도였어요. 기자가 물었어요.

"뒤파스키에 의원님, 이 학생에게 너무 엄격한 잣대를 들이대는 건 아닌지요? 이 학생은 그저 지구상에서 살아가는 사람들에게 필요한 조치를 취해 달라고 세계 지도자들에게 요청하는 것 아닌가요? 아침부터 이렇게 이 학생을 공격하는 이유가 있는지요?"

"공격이라니요, 오해가 있는 것 같군요. 이 아가씨를 개인적으로 공격하는 게 아닙니다. 이번 일의 본질을 논하자는 거죠. 이 가여운 아가씨는 그 누구를 대표하는 게 아닙니다. 그 누구도요. 게다가, 하고자 하는 말도 없죠. 당연합니다. 고작 열일곱 살이잖아요? 다른 친구들보다 좀 더 요란한 사춘기를 지나고 있을 뿐이에요. 다른 친구들에 비해 부모님에 대한 반항심이 좀 더 크다고 할 수 있겠군요. 사실, 솔직히 말씀드리자면, 아이들을 조종해서라도 대통령님을 음해하려는 사람들에게 이용당하고 있는 것입니다! 대통령님에게, 더 나아서는 이 나라에 해를 가하기 위해서라면 무슨 일이든 할 준비가 되어 있는 사람들이 있답니다. 아이들을 이용하다니, 이 얼마나 비겁한 행위입니까!"

엄마가 거칠게 라디오를 꺼 버렸어요. 거의 집어 던질 기세라, 아빠는 만일의 사태에 대비해 라디오를 붙잡았죠. 엄마가 소리쳤어요.

"한심하다, 한심해! 이 여자한테 애가 없어야 할 텐데 말이지. 있다면 너무 불쌍하잖아."

아빠의 얼굴은 파랗게 질려서 일그러져 있었어요.

엄마 아빠를 보니 마음이 아팠어요. 우리가 지구에 대해 알게 된 지 얼마나 됐죠? 십 년? 이십 년? 과학자들이 사십 년간 연구를 했다는 얘기도 있어요. 연구 결과는 모두 동일했고요. 사십 년이면 엄마 아빠의 나이와 비슷해요. 그보다 겨우 몇 살 더 많을 뿐이에요. 저는 엄마 아빠가 투표하러 가는 것도 여러 번 봤어요. 대개는 선택의 여지가 없어 마지못해, 가끔은 열렬히 지지하는 후보에게 한 표를 던지러 다녀왔지만, 오래지 않아 실망했죠. 엄마 아빠가 저나 조리스를 걱정한다는 건 잘 알아요. 그런데 결정권을 가진 사람들이 무능력하다면 우리 미래는 어떻게 되는 걸까요?

"괜찮아, 낙담할 필요 없어!"

이렇게 말하면서 다시 라디오를 켜자마자 곧바로 채널을 돌렸어요. 얼굴에 졸음기를 덕지덕지 붙인 조리스가 부엌으로 들어섰거든요. 곱슬곱슬한 머리카락은 온통 정수리 위로 뻗쳐 있었어요.

랩 음악이 나오는 채널에서 멈추고 볼륨을 키웠어요. 조리스가 눈을 반짝 빛내길래, 다가가서 춤을 추자고 했어요. 처음에는 꾸물거리며 싫다고 하더니 곧 따라오더라고요. 둘이 같이 재미있게 놀았어요.

오늘은 제가 일주일 중에서 제일 좋아하는 날, 목요일이니까 그 어떤 일에도 끄떡없다고, 무슨 일이 생기든 기분 좋게 보낼 거라고 다짐했어요. 날씨도 좋아서 자전거를 타고 학교에 가기로 했어요. 붉은부리갈매기들이 날고 있는 호수를 따라 페달을 밟았어요. 아직 어두운 하늘 아래, 분홍빛을 띤 다갈색 빛줄기들이 반짝거리는 엷은 보라색 물 위로 청둥오리들이 노닐고 있었어요. 그 아름다운 광경이, 그 고요한 에너지가 저를 가득 채웠어요. 멜라니 뒤파스키에가 저를 아무리 헐뜯는다 해도, 저는 굴하지 않을 힘을 찾아낼 수 있어요.

학교 앞에서 페디와 마주쳤는데 저한테 처음으로 인사를 하더라고요. 마치 우리가 서로 아는 사이고, 벌써 대화를 나눈 적이 있는 것처럼요. 제 이름도 알고 있었어요. 저는 어쩔 줄 몰라 말을 더듬고 말았어요. 페디가 인사를 한 건 그냥 제가 거기 있었기 때문이겠죠? 심장 마비에 걸리는 줄 알았지만, 태연한 척, 최대한 아무렇지도 않은 척했어요. 머릿속이 온갖 생각과 감정으로 뒤얽혀 난리였죠. 좌뇌와 우뇌를 연결하는 뇌량이 꽉 막혀 버린 기분이었어요. 입술도 떨렸어요. 말을 듣지 않더라고요. 미소를 지으려고 했지만 인상이 찌푸려졌어요. 이젠 뇌졸중이라도 오나 싶었다니까요. 페디가 건넨 인사에 별생각이 다 들었어요. 나를 어떻게 생각할까? 그냥 같은 학교 친구? 아니면 대통령에게 '싫어요'라고 말한, 티브이에 나온 바르바라? 왜냐하면 페디가 어떻게 생각하는지에 따라 모든 게 달라지거든요. 내가 마음에 드나? 아니면 내가 유명해져서 관심이 생겼나? 그것도 아니면 내가 시위에 적극적이라 인상적인가? 뭐, 그게 중요한 게 아니지. 어서 페디한테 말을 더 걸지 않고 뭐 해? 하지만 물론 저는 아무 말도 하지 못하고, 페디는 그냥 지나가 버렸어요. 기회를 잡지 못한 스스로가 원망스러웠죠. 잠깐 그 애 쪽을 보지 않으려고 했지만, 결국 저도 모르게 뒤를 돌아봤어요. 벌써 자기 반 여자애들이랑 얘기하고 있더라고요. 긴 머리를 돌돌 말아 올린 여자애들이요. 그 애들이 부러웠어요. 페디를 처음 본 건 올해 개학 날이었어요. 페디는 지금 3학년이니까 작년에도 학교에 있었을 테지만, 그때는 눈에 들어오지 않았어요. 지금은 페디와 마주칠 때마다 머리끝부터 발끝까지 꿰뚫리는 기분이에요. 골격이 드러난 얼굴에 도톰한 입술까지, 보기만 해도 감전될 것 같아요. 반짝이는 눈빛을 보면 홀리는 기분이에요. 금빛 앞머리에 가려 잘 보이지 않는데도요. 페디의 모든 게 마음에 들어요. 키가 크고 길쭉해서 럭비 선수보다는 농구 선수에 가까운 몸매죠. 하지만 행동에는 여유가 있어서 운동선수보다는 음악가가 더 잘 어울려요. 벌써 몇 번이나 악기 케이스를 들고 가는 걸 보기도 했어요. 색소폰이나 트롬본 같았어요. 언젠가는 용기를 내서 제가 먼저 말을 걸어 볼 수도 있겠죠.

　탈의실에 있는데 앞치마를 두르고 조리모를 쓴 톰이 저한테 오늘은 우리 둘이 주방에서 일할 거라고 알려 줬어요. 앙트레를 담당할 거라고요. 저는 당장 서빙할 때 입는 치마를 조리복으로 갈아입었어요. 구두도 벗어 던지고 조리용 신발을 신었죠. 다른 일은 다 잊고 셰프의 지시에 집중했어요. 완두 수프와 삿갓버섯 라비올리보다 더 중요한 게 뭐가 있겠어요. 오로지 멋진 요리를 만드는 데 열중했어요.

　하루가 어찌나 빨리 지나가던지, 솔직히 라디오에서 들은 건 까맣게 잊고 있었지 뭐예요. 우리 셰프 메르시에 선생님의 사무실로 호출되기 전까지는요. 일을 잘했다고 칭찬을 들을 줄 알았는데, 선생님은 저를 사납게 노려봤어요.

　"바르바라, 왜 오늘 널 주방에서 일하게 했는지 짐작이 가니?"

　선생님이 책상 위로 팔짱을 끼면서 저에게 묻더군요. 턱에 움푹한 자국이 생길 만큼 굳은 표정으로요. 저는 고개를 저었어요.

　"사람들 눈에 띄지 않게 하려고 그런 거다."

　소름이 끼쳤어요. 선생님은 제 반응이 만족스럽다는 듯 미소를 지었죠.

　"어제 저녁부터 학교로 장난 전화가 쏟아졌다. 학교 욕을 하고,

아무나 입학을 시킨다고 비난하더구나."

정신이 하나도 없어서 아무 말도 하지 못했어요.

"오늘 점심 손님 중에는 심지어 '대통령님을 모욕한 꼬마 요리사'의 서빙은 원치 않는다는 사람들도 있었지. 그 사람들 말을 그대로 옮긴 거야."

선생님은 다시 한번 팔짱을 끼더니 제 반응을 기다렸어요. 한참 있다가 제 쪽으로 살짝 몸을 기울이며 묻더군요.

"괜찮니, 바르바라?"

저는 멍하니 고개만 끄덕였죠. 눈앞이 흐릿했어요.

선생님이 누그러진 말투로 이야기를 이어 갔어요.

"원하는 사람과 식사할 권리야 있지. 하지만 대통령을…… 뭐라고 했지, 아, 허언꾼 취급한 이유가 뭐야? 주방 은어냐?"

"아뇨."

"프랑스어는 맞아?"

선생님이 미심쩍은 듯이 묻길래 용기를 내 대답했어요.

"어, 그럼요. 그리고 거짓말쟁이라고도 했는데요."

"그건 너무 심한 말이야, 바르바라! 정치는 빵 만드는 일과 같아. 정확성을 기해야 하는 일이지."

"제가 하고 있는 게 정치인가요?"

저는 깜짝 놀라 중얼거렸어요.

"당연하지. 그럼 여태 뭘 한다고 생각한 거냐?"

이 문제에 선생님이 관심을 가지고 있는 줄은 미처 몰랐어요. 하긴 직업계 요리 전공 청소년도 기후 행동에 나서는데, 요리 교사라고 해서 정치에 관심을 갖지 말란 법은 없죠.

"발효 반죽이나 스펀지케이크를 만들 때 재료 무게를 잘 달아야 한다고 수업 때 몇 번이나 말하지 않았어?"

저는 멍하니 또 고개를 끄덕였어요.

"정치도 마찬가지야. 네가 하는 말의 무게를 달아 봐야 해."

저는 아무 말도 하지 않았어요. 입을 꾹 닫고 생각해 봤죠. 하지만 그렇게 잘못했다는 생각은 들지 않았어요. '거짓말쟁이'라는 말은 실제보다 순화시킨 표현이라고 생각했거든요. 사기꾼이나 날조자, 위선자, 음험한 사람 같은 말도 있잖아요.

선생님은 우리 학교가 몇 년 동안 노력한 끝에 이제 겨우 좋은 평판을 얻게 됐지 않았냐면서, 그러니 말을 조심하는 게 좋지 않겠냐고 애매하게 말한 다음 화제를 돌렸어요. 3주 안에 시작해야 하는 현장 실습에 대한 이야기였죠. 제가 일하게 될 레스토랑에서 아직도 확인서를 안 보냈다고 말이에요. 저는 정말 무슨 수를 써서라도 꼭 이 레스토랑에서 실습을 하고 싶어요. 제 롤 모델인 바티스트 샹베르 셰프의 주방에서 일하는 게 정말 기다려지거든요. 유기농과 비건 음식을 전문으로 하는 젊은 셰프인데, 미쉐린 가이드에도 소개됐어요. 선생님 말을 들으니 걱정이 됐어요. 저를 인턴으로 받아 주겠다는 말을 번복하려는 걸까요? 선생님이 담당자에게 전화로 확인해 보겠다고 약속했어요. 그냥, 레스토랑이라면 으레 그렇듯이 일이 너무 많아서 그럴 거라면서요.

대화를 마치고 나오는데, 당혹스러웠어요. 바티스트 샹베르가 뉴스를 봤나? 인턴으로 채용하기로 한 학생이 티브이에 나오는 시위대 학생과 동일 인물이라는 걸 알아차렸나? 그렇게까지 생각할 일이 아닌데, 제가 너무 멀리 간 거겠죠? 주방에는 인턴 채용 문제보다 훨씬 중요한 일이 많을 테니까요. 누가 됐든 저를 인턴으로 채용하기로 한 사람이 뉴스와 저를 연관 짓지 않았으면 좋겠어요. 많은 사람들이 저를 못마땅하게 여기고, 일부러 시간을 내 학교에 전화를 걸어서 비난하고 욕까지 하는 만큼, 더더욱요. 어이가 없어요. 이해도 안 가고요. 유조선이 좌초돼서 바다에 원유가 몇 톤씩 유출된다고 해서 그 사람들이 전화를 할까요? 원전 폭발 사고로 방사능이 누출돼서 수십 년, 수백 년씩 환경에 영향을 미친다면요? 아니면 어느 마을에서 단기간에 갑자기 아이들이 줄줄이 암에 걸린다면요?

할머니, 아빠가 저한테 해 준 얘기(아빠가 저한테 얘기를 많이 해 주진 않지만, 그렇다고 아예 안 해 주는 건 아니에요. 그냥 더 많은 얘기를 듣고 싶을 뿐이죠)가 생각나요. 할머니가 비명을 지를 때면 이웃들이 시끄럽다고 불평했다고요. 서명을 받아 청원서를 제출하자고 한 사람들도 있었는데 세입자 대부분이 반대했다죠. 이해가 잘 안 가요. 도움을 주기는커녕 소음 때문에 불평을 했다니요. 물론 도움을 준 사람이 없진 않았어요. 할머니네 집에 문제가 생겨 더 이상 어쩔 수 없는 상황이 됐을 때, 오래된 사진에 둘러싸여 살던, 홀로 된 어떤 노부인이 세 아이들을 받아 줬죠. 아빠와 삼촌들은 그 집에서 사과 주스를 마시며 카드놀이를 했어요.

있잖아요, 할머니, 어른이 된다는 게 이런 건가요? 누구나 자기의 보잘것없는 이익에만 관심을 보이고, 진짜 적이 누구인지, 무엇에 맞서 싸워야 하는지 이해하고 세상을 바꾸기보다는 외면해 버린다는 사실을 깨닫는 것, 이게 어른이 되는 건가요?

8. 금요일

새벽 여섯 시. 소스라쳐 벌떡 일어났어요. 심장이 쿵쾅거리고, 침대 시트가 축축했어요. 식은땀이 났어요. 꿈 때문에 기진맥진해서 깨어난 거예요.

꿈에 할머니가 나왔어요. 할머니는 어느 식당의 텅 빈 주방에서 끊임없이 요리를 하고 있었어요. 계속해서 더 많이 만들어 내야 했죠. 재료도 제대로 갖춰져 있지 않았지만, 할머니는 소꿉놀이를 하는 어린아이처럼 행복한 얼굴로 태연하게 요리를 계속했어요. 그러다 벨이 울리면 종업원으로 분장한 대통령이 뚜껑을 열면 상자에서 튀어 나오는 마녀처럼 등장했어요. 대통령은 연어색으로 칠한 입술로 미소를 지어 보이며 알이 깨진 안경을 낀 채 주문서들

을 힘겹게 읽어 내려가면서도 마치 시 낭송이라도 하듯이 강세를
줘 가며 읽더라고요. 무슨 소린지는 하나도 못 알아들었어요. 이
요리, 저 요리를 할머니한테 계속 요구하고, 가끔은 직접 맛을 보
기도 했어요. 규칙적으로 스톱워치를 꺼내서 할머니를 재촉했죠.

"자자, 더 빨리!"

할머니가 고개를 끄덕일수록 점점 키가 줄어들었어요.

"저 여자, 대통령 아니니?"

할머니가 불쑥 저에게 물었어요. 제가 맞다고 하니까 이렇게 말
했죠.

"그럼 이제 저 여자를 위해서 일하면 안 되겠구나."

하지만 할머니는 멈추지 않았어요.

점심시간에 다 같이 모여 작업을 했어요. 리나네 아빠가 몇 달
전 문을 닫은 원단 공장 창고에서 안 쓰는 천을 몇 상자나 찾아서
학교로 가져다줬거든요. 그 덕분에 플래카드를 새로 만들었어요.
벽보도 새로 만들고, 예전에 쓰던 건 손질을 했어요. 제 것도 따로
만들었죠. 코스튬을 만들기도 하고, 노래를 만들기도 했어요.

교장 선생님은 청소만 잘한다면 1층에 있는 작은 방을 써도 된
다고 했어요. 그림, 콜라주, 캐리커처를 응용한 플래카드들은 예
술 작품이라고 해도 손색이 없어요. 우리는 서로 도와서 구호도 결

정했어요. 짧고 강렬하면서도 재미있는 구호를 찾아내려고 머리를 짜냈죠. 운율도 맞추려고 해 봤어요. 두운을 멋지게 맞추고 싶어서 여러 아이디어를 내 보기도 했고요. 유머는 정말 어려워요. 오늘의 구호 중에서 제일 마음에 드는 건, "해수면은 상승해, 나는 건조해"예요.

복도로 나갔더니 얼마 전까지 친하게 지내던 야니스가 제 쪽으로 다가오더라고요. 제가 몇 주 전에 기후 위기를 외면하는 안일한 태도를 못 견디겠다고 말한 뒤로 서로 아는 척도 안 해요.

뭔가 결심한 듯 심각한 표정이길래, 제 말을 곱씹어 본 끝에 생각을 바꿨나 싶었어요. '시위에 동참하려나? 우리 편이 한 명 더 늘었군. 마침 야니스라서 잘됐어!' 하고 생각했죠.

순식간에 원망도, 떨떠름한 감정도, 모두 사라졌어요. 그래서 열렬히 환영해 주려는데 야니스가 갑자기 경계를 하는 게 아니겠어요?

"미안, 바르바라, 나 너네랑 시위하려고 온 거 아니야!"

치밀어 오르는 화와 짜증을 애써 억누르고, 네가 잘못 생각하는 거다, 지금 입장을 고수해선 안 된다, 종교를 바꾸라는 것도 아니고 그저 행동에 나서자는 거다, 이렇게 말하려고 했죠. 그런데 야니스가 손짓을 하는 거예요. 아무 말 말고 다른 애들 눈에 띄지 않게 따라오라는 거였어요. 왜 그대로 따라갔는지 저도 모르겠어요.

야니스는 복도 끝으로 가더니 우리가 함께 있는 모습을 아무도 보지 못하게 저를 구석으로 밀어 넣었어요. 고개를 쭉 내밀어서 누가 우리를 따라오지는 않았는지 확인까지 하더라고요. 저는 속으로 비웃었어요. 첩보 영화라도 찍나 싶었거든요.

"너한테 할 말 있어."

야니스가 말끝을 흐리더니 제 눈을 똑바로 보는 거예요.

"뭐냐면……"

그러더니 말을 멈췄어요. 저도 야니스의 눈을 쳐다봤죠. 그런데 제 눈을 피하는 것 같기도 하고, 당황한 기색이더라고요. 턱에도 잔뜩 힘이 들어가 있고요. 어떻게 말을 꺼내야 할지 고민하는 것 같았어요. 저는 좀 불편하기도 해서 재촉을 했어요. 애들이 기다리고 있고, 곧 시위를 하러 가야 했으니까요.

"무슨 말이냐면……"

야니스가 우물쭈물 다시 말을 이어 갔어요.

"조심해."

그러고는 또 입을 다물지 뭐예요. 한 마디 이상 이어지지가 않으니 짜증이 나더라고요. 하도 뜸을 들여서 화가 났지만 잠자코 기다렸어요.

"내가 아는 사람들이 그러는데, 네가 너무 말이 많대. 몸을 좀 사려야겠다더라."

저는 당황해서 야니스를 쳐다봤어요.

"무슨 소린지 알겠어?"

저는 고개를 저었죠.

"아무 말이나 하면 안 된다는 거야. 함부로 입을 열지 말라는 소리야. 게다가 넌 여자애잖아. 그걸 못 견디는 사람들이 있어. 두드러기가 날 지경이라면서. 그리고 내가 장담하는데, 그런 사람들은 말로만 그치지 않아."

저는 자리를 뜰 생각으로, 아무 말 없이 돌아섰어요. 그런데 야니스가 제 어깨를 잡더니 돌려세우더라고요. 놀라긴 했지만, 저도 가만히 있진 않았어요. 한 발짝 물러선 다음, 발을 단단히 딛고 주먹을 꼭 쥐고 맞섰어요.

"지금 나 놀려? 그런 소리나 하려고 왔어?"

그 애가 한 발짝 다가오더니 제 팔을 잡았어요.

"그냥 하는 말이 아니야, 바르바라, 농담이 아니라고. 네가 걱정돼."

저는 야니스의 눈을 똑바로 보면서, 대답할 수 있으면 해 보라는 듯이 비꼬았어요.

"네가 날 걱정한다고?"

야니스가 고개를 살짝 끄덕였어요.

"그러니까, 네 주변 사람들은 기후 이변보다 말 많은 여자애 하나가 더 거슬린다는 거지? 거슬리다 못해 날 때려 주고 싶을 정도로?"

야니스는 불편한 듯이 목을 움츠리면서도 눈을 깜박여 긍정을 표했어요.

"너 도대체 어떤 사람들이랑 어울리는 거야?"

제가 버럭 화를 냈어요.

"그냥 아는 사람들이야. 어울리는 게 아니라."

"그래서 뭐? 왜 그러고 서 있어? 지금 결판을 내든가!"

야니스는 어깨를 으쓱하면서 입을 비죽거렸어요.

"그러려고 온 거 아니라니까."

그러고 나서 잠깐 멈칫하더니 이야기를 전하러 온 것뿐이라며, 그 사람들은 자기 친구들도 아니고, 학교 애들도 아니라고 했어요. 어느 날, 어릴 때부터 다니는 복싱 연습장에서 나오는데 어떤 사람들이 자기를 부르더니 그렇게 말했대요. 야니스는 권투 선수거든요.

"네가 시위에 참여하지 않는 건 그렇다 쳐. 근데 그 사람들한테 제대로 설명을 해 줘야겠다는 생각은 안 들었어?"

"그렇게 받아들이면 안 돼, 바르바라."

야니스가 이를 꽉 물었어요. 그 사람들이 겁이라도 준 걸까요? 야니스까지 협박했을까요?

"말 좀 들어. 그 사람들 경고를 진지하게 받아들여야 돼."

야니스의 표정이 조금 누그러졌어요. 그제야 친구를 다시 찾은 것 같았죠.

"이제 너한테 달려 있어. 그 사람들 뜻은 전달했으니까. 가볍게 여기지 마."

그러더니 가 버리는 게 아니겠어요?

"어떤 사람들인지 더 알려 주면 안 돼? 왜 직접 찾아오지 않는 거래?"

제가 등 뒤에 대고 소리쳤지만, 야니스는 돌아보지도, 설명을 덧붙이지도 않고 뛰어가 버렸어요.

힘이 빠져서 한동안 벽에 기대고 있었어요. 악몽을 꾸는 것 같았죠. 정말로 신경을 써야 하는 일일까요? 와닿지도 않고, 말도 안 되는 얘기잖아요. 야니스와 제 생각이 이렇게나 다른 줄 왜 여태까지 몰랐을까요?

오후 시위 때 페디를 본 것 같아요. 덥수룩한 금색 앞머리와, 저도 모르게 저를 중독시키는 것 같은 그 애를 어디서든 보는 것 같긴 해요. 착각일 거예요. 페디는 기후에도, 저한테도 관심이 없어요. 있다면 진작 시위에 참가했겠죠. 지금까지 단 한 번도 시위에 온 걸 본 적이 없어요. 지구의 운명에 아무 관심 없는 애를 저는 왜 좋아할까요? 미스터리예요.

지난주보다 참가자가 더 늘어났어요. 새로 온 사람들이 많았어요. 대성공이지만 기분이 씁쓸했어요. 야니스가 제 하루를 망쳐버린 거예요. 저를 따라다니는 취재진도 있었고요. 카메라와 숨바꼭질을 했어요. 기자들은 저를 쫓아다니면서 대통령과의 오찬을 거절한 일을 둘러싸고 커져 가는 논란에 대해 어떻게 생각하는지를 물었죠. 멜라니 뒤파스키에는 물론이고, 꼬마 요리사는 주제 파악이나 하라는 말만 반복하는 다른 의원들에게도 아무 말 하고 싶지 않아요. 그 사람들이랑 같은 수준으로 떨어질 순 없으니까요. 저는 열일곱 살이지만, 그렇게 형편없는 게임에 놀아나는 사람들보다 훨씬 더 큰 책임감을 느껴요.

어떤 젊은 여자 기자가 '싫다고 말하는 검은 인형'이라고 저를 희화화시킨 만평가에 대해 어떻게 생각하는지 물었어요. 인종차별 얘기였죠. 고소할 마음이 있는지 묻더라고요. 저는 덤덤하게 반응했어요. 만평가와 그 사람이 그린 만화를 무시했죠. 기자와 그 질문도요. 다른 기자는 칼럼니스트들 얘기를 꺼냈어요. 저를 지목해서 아이콘의 몰락이 시작됐다고 떠드는 사람들 말이에요. 하지만 저는 아이콘이 아닌걸요. 제 일이 시위에 지장을 주지 않겠냐면서, 청소년 대변인을 교체해야 하는 것 아니냐고 하는 기자들도 있었어요. 그렇게 돼도 저는 아무 상관 없어요. 뭘 요구한 적도, 뭔가가 되려고 한 적도 없으니까요.

리나가 그사이에 나온 뉴스 영상을 보여 줬어요. 대통령 특별 보좌관과 동료들이 우리처럼 기후 문제로 시위하던 청소년 세 명을 찾아내서 대통령과의 점심 식사에 초대하고, 방송 기자들도 불렀나 봐요. 메뉴는 치즈버거와 감자튀김으로 통일. 참 독창적인 메뉴죠. 화면을 가득 채운 사진들 속 청소년들은 화면발을 아주 잘 받더군요. 청소년이라고 하면 바로 떠오르는 이미지 그대로, 금발에, 얼굴에는 여드름도 살짝 난 애들이었어요. 반항조차 허락받고 하는, 그런 애들 말이에요. 기자는 화면에 나오는 사진을 설명하면서, 제가 위원회 활동에서 밀려날 처지에 있다는 말을 넌지시 덧붙였어요. 하지만 위원회는 제 편이고, 리나가 곧바로 인터넷에 성명을 내서 그런 일은 없을 거라고 밝혔죠. 우리는 다 같은 생각이에요. 모두 지구를 위해 진정으로 도움이 되는 조치를 원해요. 경험은 부족할지 몰라도 왜들 저러는지는 알아요. 우리가 단결하지 못하게 흩어 놓으려는 거죠.

주말이 됐어요. 해야 할 일도 다 끝냈고요. 저 혼자 집에서 쉬고 있었어요. 엄마 아빠는 이웃집에 가고, 조리스는 친구 집에서 하룻밤 자고 온다고 했어요. 저는 사진첩이 보관된 벽장 앞으로 갔어요. 이젠 그 벽장을 그냥 지나칠 수가 없어요. 조심스럽게 문을 열었어요. 선반마다 보물이 가득한, 금고와도 같은 벽장이에요. 어쩌다 이렇게 새로운 눈으로 보게 된 걸까요? 큰 봉투를 덥석 잡아채 얼른 방으로 돌아갔어요. 음악을 크게 틀었죠. 신문에서 잘라낸 기사 조각들이 침대 위로 쏟아졌어요. 제가 태어나기도 전에 실린, 오래된 기사들이에요. 엄마 아빠는 이미 함께 살고 있던 때였죠. 시간순으로 정리해 봤어요. 숨이 가빠지고, 손이 축축하게 젖어 들더라고요. 먼저 휴대폰으로 하나씩 사진을 찍은 다음 읽어 보기 시작했어요. 손이 부르르 떨리더니 온몸이 와들와들 떨려 왔어요. 기사를 읽을수록 떨림은 잦아들었어요. 사람들이 떠들어 대고, 글로 쓰고, 보도를 한다고 해서 그게 진실은 아니란 걸 저는 경험을 통해 알고 있어요. 하지만 부정할 수 없는 사실도 있죠. 할머니가 남편이자 세 아들의 아버지를 죽인 사람이라는 사실이요. 저는 이걸 할머니 장례식 날에 알게 됐어요. 겨우 작년 일이니, 조리스보다 훨씬 나이가 든 뒤에야 알게 된 거네요. 그 뒤로 종종 그 일을 생각해요. 누구한테나 살인자 할머니가 있는 건 아니죠. 할머니에게 문병을 갈 때는 아무것도 몰랐어요. 그때는 그냥 정신에 문제가 있는 이상한 사람, 머리를 갸웃 기울인 채 저를 보지 않는 것 같으면서도 보는 사람, 안경알 때문에 더 커다랗게 보이는, 튀어나온 푸른 눈으로 저를 관찰하면서 때로는 얼굴을 찌푸리고 때로는 미소를 지어 보이는 사람이라고만 생각했죠. 할머니는 거의 말이 없었고, 어쩌다 입을 열 때면 휘파람 소리, 천둥소리, 뭔가 탁탁대고 터져 나오는 듯한 소리가 났어요. 다른 어른들하고는 전혀 달랐어요. 저는 그런 할머니를 만나러 가는 게 좋았어요. 꼭 홀리는 것만 같았거든요. 할머니와 함께라면 모든 게 예측불허였어요. 예고대로 되는 일은 아무것도 없었죠. 확실한 것도 없고, 모두 즉흥적으로 행동하고, 모든 게 언제든 바뀔 수 있었어요.

기사를 읽어 봐도 할머니에 대한 새로운 사실은 찾을 수 없었어요. 할머니 인생의 일부분이 신문에 노출돼 있었죠. 하지만 제가 알고 있는 건 기사에 나온 것과는 달라요. 그 어떤 기자도 보도하지 못할 상세한 부분들도 알죠. 아빠와 삼촌들은 할머니의 삶이 어땠는지, 할머니가 입원하기 전까지, 또 재판을 받기 전까지 어떻게 살았는지 이야기해 줬어요. 할머니가 떠난 뒤로 가족 식사 모임 때마다 어린 애들이 놀러 나가고 가면 이런저런 얘기를 해 주곤 해요. 큰 애들, 그러니까 사촌들과 제가 궁금해하니까요. 서로의 기억을 맞춰 보려고 말하는 것 같기도 해요. 벌써 20년이나 지난 일이다 보니 잘 기억나지 않는 부분도 있나 봐요. 세 사람의 얘기가 대부분은 일치하지만 조금씩 달라요. 겹치는 부분도 있기는 해요. 각자 가지고 있는 조각들로 퍼즐을 맞춰 가는 거죠.

기사 대부분은 공판에 대한 기록이었어요. 읽다 보니 당시 사람들이 할머니의 재판에 얼마나 관심이 많았는지 알 수 있었어요. 할머니의 사건은 많은 사람들의 공분을 사고, 파문을 몰고 왔죠. 탄원서가 돌고, 수천 명씩 거리로 뛰쳐나와 시위를 했어요. "죽느냐 죽이느냐"라는 제목의 기사가 실리자, 나이를 떠나 남편이나 동거남의 억압을 고발하고 폭력을 거부하는 여성들이 잇달아 나타났어요. 자기도 남편을 죽일 뻔했다면서, 할머니와 똑같은 상황에 처해 있었다고 증언한 사람도 있었죠. 때로는 별것 아닌 일로 인생이 송두리째 흔들릴 수 있다고 말이에요. 그 사람은 이런 말로 얘기를 끝맺었어요. "남자들은 우리를 지배하려는 걸 멈춰야 해요. 우리 여자들은 남자들의 소유물이 아닙니다. 우리의 몸은 그들의 것이 아니에요."

당연히 저도 동의해요. 그리고 지구에 대해서도 같은 말을 할 수 있지 않을까 생각해요. 우리가 지구의 주인인 양 행동해서는 안 돼요. 아메리카 인디언들이 그랬듯이, 세상을 우리가 스쳐 지나가는 곳으로 여기고, 좋은 상태로 후세에 물려줘야 해요.

열쇠 돌리는 소리가 나서 기사들을 봉투에 얼른 집어넣었어요. 혼란스럽고 불안했죠. 엄마가 방문을 두드리더니 물었어요.

"이웃집에서 저녁 먹을 건데, 같이 갈래?"

9. 토요일

여름 날씨예요. 집 안 곳곳 햇살이 가득해요. 거실 바닥에도, 부엌에도요. 식탁 위에는 제가 제일 좋아하는 설탕에 절인 과일을 넣은 케이크에, 집에서 계피를 넣어 만든 사과잼이 곁들여진 아침 식사가 차려져 있었어요. 조리스는 여느 때처럼 코코아를 허겁지겁 마시고 있었죠. 엄마 아빠는 피곤한 나머지 커다란 커피 잔 속으로 들어갈 기세였어요. 두 사람은 시위와 여러 반응들에 대해 이야기 중이었어요. 제 걱정에 잠을 이루지 못했나 봐요. 엄마는 이제 제가 수업을 잘 따라잡았는지에 대해서는 묻지도 않아요. 저를 맹목적으로 신뢰하다 보니 제가 빼먹은 수업에 대해 당연히 보충을 했을 거라고 생각하는 건지도 모르죠. 아니면 더 큰 걱정거리가 생겼을 수도 있고요. 엄마는 저한테 걱정을 숨기지 않아요. 제 목을 조여 오는 올가미에서 살아서 빠져나오기만을 바란다고 아예 대놓고 말하기도 한다니까요.

"살아서 빠져나오라고?"

제가 물었어요.

"말하자면 그렇다고."

엄마가 조금 누그러진 말투로 말하더니 이렇게 덧붙였어요.

"공부 걱정은 안 해. 남들보다 조금 늦어질지는 몰라도 결국 해내겠지. 하지만 지금 벌어지는 일은 전혀 다른 문제야. 누가 네 적인지도 제대로 알 수가 없잖니. 그 사람들은 인터넷에서만 숨어서 활동하니까."

엄마는 제가 갑작스러운 유명세 탓에 이렇게 심하게 욕을 듣고 비판을 받을 줄 몰랐다면서, 그런 얘기에 귀를 기울이지 않는 게 낫겠다고 했어요. 하지만 저도 어쩔 수 없는걸요. 그러지 말아야지, 생각하면서도 인터넷에 접속해서 무슨 얘기가 오가는지 다 찾아보게 돼요. 맞아요, 머리가 절로 아파지는 얘기들뿐이죠.

아빠 회사에서도 대통령과의 오찬을 거부한 애가 바로 저라는 걸 다 안대요. 엄마가 견적을 내면 고객들이 이 사실을 빌미로 할인이라도 해 달라는 듯이 말을 꺼내고요. 딱하다는 듯이 쳐다보기도 하고("저런, 아주 대단한 딸을 두셨어."), 딸을 스타로 만들려고 이 모든 일을 계획했다고 의심하기도 하고("성공하셨네! 재미가 쏠쏠하시겠어?"), 성격이 별나고 다혈질인 제 또래 아이를 둔 사람들은 공감한다는 듯이 동정을 표하기도("자식을 골라서 낳을 수도 없고, 그것 참!") 한대요. 제가 얼마나 차분하고 조용한지 안다면 그런 말은 안 할 텐데 말이에요. 하긴, 제가 좀 과감하긴 하죠. 아빠 동료들 중에는 원망 섞인 말을 하면서 방임주의라고 비난하는("자네 딸내미가 안 좋은 선례를 남겨서 우리 애가 학교를 빠지려고 하잖나!") 사람들도 있대요. 가르치려 들기도 하나 봐요. "애들을 동등하게 대하면 꼭 이렇게 된다니까! 딸내미 교육 좀 다시 시키고(사립 중에 이런 데 전문인 학교들이 있다고!), 가장이 누군지 제대로 가르쳐야지." 아빠는 흉내까지 내면서 그 사람들 얘기를 전했어요. 아빠는 다른 사람 흉내를 잘 내요. 가끔은 원맨쇼라도 해야 하는 게 아닌가 싶다니까요. 굵고 텁수룩한 눈썹과 침착한 태도 뒤에 신랄한 유머 감각을 숨기고 있죠. 엄마는 아빠의 제1호 팬이지만, 이번엔 쓴웃음을 지었어요. 어른들의 반응 때문에 마음이 아팠던 거죠. 엄마 말로는 인류애가 사라지고 사람들이 아이들의 미래에 무관심해진 게 다 자본주의 때문이래요. 아빠도 주변 사람들이 기후 행동에 나서는 청소년들을 대수롭지 않게 여긴다면서 맞장구를 쳤어요. 시위를 응원하는 어른들은 거의 없대요. 엄마 아빠 둘 다 이런 현실에 저보다 더 마음이 상한 것 같아요.

저는 그냥 좀 흘려들으려고요. 일반화를 할 수도 없지만 그렇다고 놀랄 일도 아니니까요. 부모와 자식 간에 정말로 자유롭게 대화를 나누는 집이 얼마나 되겠어요? 엄마 아빠의 비관론(엄마 아빠야 당연히 항의하겠죠. "미련한 낙천주의자가 되느니 유쾌한 비관주의자가 되는 게 낫지!" 하고 말이에요)에 전염되고 싶지 않아요. 집 안에 틀어박혀 한탄만 하기에는 날씨가 너무 좋은걸요. 다 같이 자전거를 타고 한 바퀴 돌자고 설득했어요. 호숫가로 소풍을 가는 거예요. 조리스는 벌써 집 밖으로 나가 기다리고 있었어요. 우리는 도망이라도 치듯이 빨리, 더 빨리 달렸어요. 자전거만이 줄 수 있는 자유로운 기분에 취해, 공기를 탐욕스레 서둘러 들이마셨죠. 머리를 높이 들고 머릿속은 비운 채 산들바람에 머리카락을 날리면서요. 인생은 아름다워요! 자연도, 호수도, 하늘도, 나무도 아름다워요! 엄마 아빠의 찡그린 이마가 다림질이라도 한 듯이 펴지고, 주름과 걱정이 사라지는 게 보였어요. 걱정 없던 시절로 돌아간 것 같았죠. 특히 엄마는 더 홀가분해 보였어요. 아빠야 원래 날 때부터 걱정이 많았잖아요. 할머니 품에 안긴, 갓 태어난 아기 주제에 얼굴을 잔뜩 찌푸린 아빠 사진을 본 적이 있어요. 하지만 이때만큼은 아빠도 달랐어요. 우리 가족이 모두 함께 페달을 밟는 동안 후련하고 평온해진 아빠의 표정을 보니 다시 소년으로 돌아간 것 같았거든요.

저는 자전거를 탄 할머니의 사진을 간직하고 있어요. 할머니한테도 자전거가 곧 자유를 의미했나요? 할머니도 웃음을 터뜨리고 문득 엄청난 자유를 느끼면서 아스팔트 위를 질주한 적이 있나요?

　호숫가를 도는 동안 해가 높이 떠올랐어요. 햇살 가득한 하늘 아래 잔잔한 호수는 초록색으로 응축된 덩어리처럼 보였죠. 언제 봐도 질리지 않는 광경이에요. 물결 위로 살짝 주름 잡힌 막이 올라와요. 우중충한 날, 사는 게 힘들다 생각될 때면 제가 만들곤 하는 피스타치오 타피오카 크림이 식어 굳어지면 표면에 막이 생기는 것처럼 말이에요. 저는 오렌지꽃 시럽을 넣은 세몰리나, 바닐라 향 쌀 푸딩, 밤 크림, 꿀을 넣은 판나코타 같은 파스텔톤 디저트를 정말 잘 만들어요. 단맛으로 무장하기에 딱 좋죠. 아빠는 우울한 날이면 할머니가 만들어 주던, 바닐라 향을 넣은 맛있는 프렌치토스트 얘기를 지금도 해요. 한결같다니까요.

　이렇듯 고요한 아름다움이 상처를 치료하는 반창고 역할을 해 줬어요. 우리도 모르는 새, 집에 돌아가자마자 맞닥뜨리게 된 충격적인 사건들에 예방이라도 하는 것처럼 말이에요.

　하루에 환희와 환멸을 같이 느끼는 게 가능하긴 하네요. 다들 자전거 원정에 조금 지쳐서 거실에 늘어져 쉬고 있는데, 아빠가 휴대폰을 확인하다 받은편지함에 들어와 있는 사진 한 장을 보게 됐나 봐요. 처음에는 스팸 메일인가 했대요. 그러다 무슨 사진인지 제대로 보고 나서는 너무나 놀라고 정신이 없어서 아무 말도 못하고 휴대폰 화면만 들여다보고 있었죠. 반쯤 벌거벗은 제 사진이었는데, 사실은 합성 사진인 게 티가 났어요. 누군가가 제 얼굴을 다른 사람의 몸에 가져다 붙인 거예요. 그 뒤쪽으로는 남자들이 일렬로 늘어서서 차례를 기다리고 있었어요. '저'를 보면서요.

할머니, 사진 속 여자가 어떤 차림새로, 어떤 자세로 있었는지는 차마 설명할 수가 없어요. 포르노 영화의 한 장면 같았죠. 그렇다고 제가 포르노 영화를 본 적이 있다는 말은 아니에요. 아, 사실 중학교 때 딱 한 번 보긴 했어요. 자기는 일주일에 한 번은 꼭 본다고 허풍을 떨던 남자애가 갑자기 저를 붙잡더니 역겨운 장면 하나를 보여 주더라고요. 사진을 보니 그때 그 장면이 떠올랐어요. 더 자세한 설명은 하지 않을게요. 밑에 달린 메시지도 사진만큼이나 천박했어요.

"창녀 같은 딸년이나 잘 감시하고 입조심시켜. 안 그럼 딸년 사진이 인터넷에 다 퍼질 줄 알아."

아빠는 저한테 보여 주지 않고 숨길 생각이었겠지만, 제 휴대폰으로도 거의 동시에 같은 사진이 들어왔어요. 아빠와 달리 저는 혼자만 알고 있을 생각이 없었어요. 충격에 휩싸인 채 바로 엄마 아빠에게 사진과 메시지를 보여 줬어요.

"입 다물지 않으면 무사하지 못할 거야. 네 선생들도 네가 기후보다 '핫'하다는 걸 알고 있으려나?"

이 사진이 머릿속에서 지워지질 않아요, 할머니. 제 몸이 아닌, 저보다 더 나이 많은 여자의 몸 때문에 저는 충격에 빠지고, 악몽에 시달리게 됐어요. 풍만한 실루엣, 둥그렇고 커다란 가슴, 가는 허리에 큰 골반, 가느다란 다리…… 벗은 몸이라서 불편한 게 아니에요. 여자의 몸이 어떻게 생겼는지는 저도 잘 아니까요. 하지만 그 몸을 바라보고 탐내는 남자들 앞에서 굴복하듯이 외설적인 포즈를 취하는 게 거슬려요. 잡화점에서 미성년자들 눈을 피해 진열장 깊숙이, 제일 높은 선반에, 진분홍 커튼 뒤에 숨겨 놓은 플라스틱 모조 성기나 실리콘 기구 같은 액세서리를 단 채 몸을 꼬고 있는 이 가짜 '저'에 모욕감이 느껴져, 결국 눈을 감아 버렸어요. 아이들은 유혹을 물리치지 못하죠. 키도 닿지 않는 높은, 가려진 선반에 기어올라 커튼을 열어젖히고는 눈을 크게 뜨고 웃음을 터뜨리죠. 문제는 이게 전혀 웃기지 않다는 거예요. 내 일이 아닌 척, 아무 일도 아닌 척 웃어넘기려 해도, 넋이 나가 꼼짝도 할 수 없었어요. 몸도 마음도 온통 부서진 것 같았어요. 피투성이가 된 얼굴로 온몸에 피멍이 든 채 링 밖으로 밀려나, 썩은 달걀과 악취탄 세례를 받는 권투 선수가 된 기분이었어요.

제가 받은 사진은 아빠가 받은 것과 비슷했어요. 엄마도 휴대폰을 확인하더니 똑같이 더러운 사진이 들어와 있다고 했어요. 초등학교 쉬는 시간 때처럼 두 손을 들어 항복하고 싶은 심정이었어요.

이제 그만, 됐어, 그만 하자, 놀이는 여기까지야. 하지만 지금 벌어지는 일은 놀이가 아니었어요. 엄마 아빠의 얼굴에 굵은 주름이 잡혔어요. 엄마는 미간에, 아빠는 이마에요. 둘 다 입가는 혐오감으로 굳어져 있었죠. 우리 셋 다 실의에 잠겨 버렸어요. 완벽하게 아름답던 하루, 우리를 스쳐간 풍경들, 호수의 잔물결, 황홀한 햇살, 오솔길 위를 달리는 기쁨, 모래 위로 삐걱거리던 자전거 바퀴, 호숫가에서 먹은 맛있는 간식, 감초 사탕의 맛, 가족과 함께한다는 행복, 내 집, 학교, 거리에서 느끼는 전염성 강하고 편안한 즐거움, 시위 참여자들의 진심 어린 열망, 참여, 연대, 결의에서 오는 눈부신 자부심, 행렬을 지어 함께 부르는 노래, 큰북의 리듬에 맞춰 추는 춤, 세상의 변화를 지켜본다는 기대, 세상을 변화시킬 수 있다는 끝없는 희망, 그리고 서로에 대한 신뢰…… 이 모든 게 천박한 합성 사진들 때문에 허사가 되고, 뒤죽박죽이 되고, 더럽혀졌어요.

회색 장막이 삶을 뒤덮더니 체로 거르고, 잘게 베어 버리고, 우리를 매장해 버렸어요. 인생이 순식간에 오염된 바다로 변했죠. 이제 파도와 쓰레기를 헤쳐 나가야 해요. 문제는 방금 굴러떨어진 몽둥이가 우리도 모르게 우리를 때려눕히고 진을 빼서, 먼 바다로 가야 하는 우리를 자꾸 해안으로 되돌려 놓는다는 거예요. 야니스의 말이 떠올랐어요. 그 경고의 의미를 뒤늦게 알게 된 거죠. 그러자 충격에 두려움이 뒤섞였어요. 제 주장에 어떻게든 반박하고, 조금이라도 튀는 사람은 베어 버리고, 암담한 미래를 원하지 않는 수천 명의 머리까지 함께 쳐 버릴 준비가 된, 보이지 않는 적의 존재를 감지했거든요. 뱃속 깊은 곳에서부터 생존 본능을 불러일으키는 두려움을 느낀 거죠. 근심을 극복할 유일한 방법은 안주하지 않고 다시 일어나 상대를 똑바로 마주하고, 동지들을 다시 찾아내는 거예요.

아빠의 반사 신경은 아직 죽지 않았나 봐요. 제일 먼저 자리를 박차고 일어나 무기력을 떨쳐 버리더니 엄마와 저를 일으켰어요. 다시 신발을 신고, 우리를 데리고 경찰서에 가서 고소장을 접수했어요. 아빠도 힘들어하는 게 눈에 보였어요. 그런데도 맞서 싸우기로 한 거죠.

우리를 곧장 사무실로 안내한 사복경찰 덕분에 마음이 조금 편해졌어요. 누구인지 알아보겠더라고요. 학교에 와서 시위와 관련된 안전 수칙과 현장에 배치될 경찰에 대해 설명해 준 사람이었어요. 무슨 일이 있었는지 얘기하고 사진을 보여 줬어요. 그분은 고개를 끄덕이며 우리 얘기를 듣고, 저를 형편없는 존재로 만든 가짜 나체 사진에 대해 질문을 할 때는 일부러 눈을 마주치지 않아 제가 불편하지 않도록 배려해 줬어요. 그런 다음 책장 귀퉁이가 접힌, 진홍색 표시의 낡은 책(형법책이래요)을 손가락으로 가리키더니 우리 눈 밑으로 들이밀고는 형법 제312-10조를 펼쳐 보였어요. 내용을 아예 외우고 있는 것 같았어요.

"공갈은 명예 또는 존경을 침해할 만한 사실을 폭로 또는 전가할 것을 협박함으로써 서명을 하게 하거나 의사표시를 하게 하거나 권리를 포기시키거나 또는 비밀을 폭로시키거나 현금, 유가증권 또는 기타 재물을 교부받는 행위를 말한다."

우리가 이 내용을 기억하고 이해할 시간을 주려는 것처럼 여기서 잠깐 멈추더니 다시 이어 가더라고요.

"공갈은 5년의 구금형 및 75,000유로의 벌금에 처한다."

한숨과 감사 인사가 오간 뒤에 고소가 접수됐어요.

경찰서에서 나올 때는 아빠, 엄마, 저 모두 안심이 됐어요. 법은 우리 편이고, 법은 우리를 버리지 않으니까요. 합성 사진을 보낸 사람에게 답장 대신 형법 제312-10조를 인용해서 보내기로 했어요.

10. 일요일

오늘은 컴퓨터도, 인터넷도, 휴대폰도 보지 않는 날이에요. 세상과 비열한 사람들에게서 멀리 떨어져 안전하게 보내는 날이죠. 바닐라 향 쌀 푸딩, 초콜릿 무스, 배를 넣은 케이크까지, 푸짐한 디저트를 먹었어요. 우리 모두 기운을 차릴 필요가 있어요. 괜찮은 척, 다시 전투에 나설 준비가 된 척했지만 사실 다 거짓이에요. 잘 되지 않는걸요. 아빠는 이러다 우리가 다 굶어 죽겠다고 생각했는지, 할머니식 프렌치토스트를 또 해 주겠다고 했어요. 아빠는 프렌치토스트의 효능을 맹목적으로 믿어요. 하지만 저는 아무것도 삼킬 수가 없었어요. 아빠는 제 기분이 처질 대로 처진 상태라는 걸 눈치채고 뭐든 다 해 주려고 했어요. 하지만 그 어떤 말도,

미소도, 달콤한 디저트도 제 기분을 뒤덮은 그림자들을 쫓아 버리진 못했어요. 밤새 악몽에 시달렸어요. 꿈속에서 저는 계속해서 추격을 따돌리고, 막다른 골목에 몰리고, 위험한 사람들에게 쫓겨 다녔어요. 불안이 엄습했어요. 지평선을 따라 해가 기지개를 켜는 시간이 돼도 불안은 사라지지 않았어요. 사진도 사라지지 않았죠. 지금도 저는 밤의 악몽에서 벗어나지 못했어요. 남자들이 제 머리를 벽돌 벽에 박아 대는 통에, 벽을 기어오르거나 뚫고 나가지 않고서는 벗어날 길이 없었어요. 그런데 손톱은 다 깨진 데다 벽이 너무 높고 너무 미끄러워서 탈출이 불가능했어요. 사람들이 갑자기 제 옷을 잡아당겼어요. 실 한 올을 끄집어 당기자 옷이 다 벗겨지고, 실이 실패에 둘둘 감기기 시작한다 싶더니 커다란 실타래가 생겼어요. 궁지에 몰린 저는 몸을 움츠렸어요. 길고 풍성한 머리카락으로 몸을 남김없이 다 가리려 했어요. 공포에 질려 숨고 싶었어요. 몸을 감추고, 감싸고, 던져 버리고 싶었죠. 거울을 보지 않아도 어디가 튀어나오고, 어디가 비어져 나오는지 알 수 있었어요. 제일 고통스러운 건 무엇이 숨어 있는지, 무엇이 도사리고 있는지 짐작이 된다는 거였어요.

사람들 눈에 여자아이는 옷으로 가려진 성기로만 보이는 걸까요? 말을 걸 때도 입을 성기로 여기는 걸까요? 그럼 뇌는요? 뇌까지도 이런 용도로만 취급하는 걸까요? 여자아이가 하는 말은 전부 그냥 무시해도 되는 소리인가요? 특히나 여자아이의 말이 칼날처럼 날카롭다면 줄질로 무디게 만드는 게 낫다는 건가요? 여자아이가 말을 하려면 반드시 성적인 도구 취급을 받을 위험을 무릅써야 하나요? 여성은 단지 질과 가슴 두 개, 엉덩이로만 존재하나요? 여성에게 정신과 지성은 과분하다고 생각하는 남자들이 아직도 존재하나요?

저는 지금 물결 모양 테두리 장식이 된 사진을 앞에 두고, 사진 속 할머니를 보고 있어요. 지금 제 나이 때 찍은 사진 속 할머니는 피터팬 칼라 폴로셔츠와 무릎 아래로 내려오는 주름치마를 입고 있죠. 호리호리하고 차분한 모습이에요. 양손은 난간에 올려 뒀고요. 길고 가느다란 손가락이 피아노 치듯 금속 난간을 두드리는 것 같아요. 유행에 따라 위를 띄워 곱슬곱슬하게 만든 까만 머리카락이 어깨 위로 물결치죠. 얼굴선은 부드럽고, 눈빛은 쓸쓸해 보여요. 유난히 하얀 피부는 제가 알던 그대로지만, 치마가 커서 허리와 따로 노는 것같이 날씬한 할머니는 익숙하지가 않네요. 사진 속 할머니는 더 이상 어린아이가 아니지만, 어릴 때의 모습이 남아 있어요. 내면에는 여전히 어린 시절이 계속되고 있는 것처럼 보여요. 제가 마음대로 상상하는 건지도 몰라요. 인생에 대해 아직 아무것도 모르는 것처럼 보이지만, 할머니의 눈에서 읽히는 슬픔이 미래를 예고하는 것 같아요. 할머니는 이때 미래의 남편을 이미 만난 상태였죠. 아직은 이웃집 청년일 뿐이었지만요. 두 사람은 그다음 해에 결혼했어요. 당시에는 스물한 살이 되어야 법적 성인으로 인정받았기 때문에 양가 부모님의 동의가 필요했어요.

할머니는 혼자만의 세계에 틀어박히기 전까지 엄마에게 속내를 다 털어놓곤 했죠. 아들에게조차 하지 못한 이야기도 며느리에게는 다 했어요. 어쩌면 엄마가 아빠에게 할머니의 비밀 얘기를 전해 주리라고 생각했는지도 모르겠어요.

소떼와 순무밭에 둘러싸인 작은 마을에서 가족과 함께 살던 할머니는 결혼식 날 아침, 갑자기 공포에 사로잡혔어요. 그래서 드레스도 입지 않겠다고 했어요. 아침 햇살을 받아 더 새하얗게 빛나는 드레스가 꼭 캐미솔처럼 보였던 거예요. 벌판을 가로질러 도망칠까 생각도 했죠. 머릿속으로는 이미 숲길을 그려 보고 있었어요. 하지만 갈 곳이 없었어요.

그 전날 할머니의 약혼자는 질투심 때문에 화를 냈어요. 도대체 무슨 이유로 그러는지 짐작도 못 할 만큼 작은 일 때문이었어요. 훗날 겪게 될 일과는 비교가 안 될 정도로 사소한 사건이었지만 할머니는 너무나 두려웠죠. 속이 꽉 막히는 것 같고 기운이 빠져서 몇 시간 동안 아무 말도 할 수 없었어요. 할머니의 식구들은 아무 일도 아니라고 생각했어요. 다들 할머니가 남들과는 다르고, 특이하다고 했으니까요. 소설은 몇 시간이고 푹 빠져서 읽으면서도 농장 일이라면 싫은 기색을 숨기지 않는다고요. 할머니, 그때까지 눈치채지 못한 어떤 점을 약혼자에게서 봤나요? 그 사람의 내면에 숨어 있던 전혀 다른 실체를 꿈에서 봤나요?

할머니는 결국 어머니에게 약혼자와 있었던 일을 귓속말로 털어 놨죠. 하지만 외면당하고, 이런 얘기나 들었어요. "그렇게 착한 사람이 또 어디 있다고. 눈감아 주렴. 너라고 해서 더 나을 것도 없잖니. 남자들은 다 그렇단다. 적응하면 될 일이야."

할머니는 용기를 내 아버지에게도 털어놓았지만, 아버지는 고개를 저었어요. 할머니가 여자라서 약해 빠졌고, 아직 어려서 변덕스럽기 때문에 겁을 내는 거라고 했죠. "너도 좋아서 결혼하려는 것 아니냐." 딸이 곧 행복해진다는 생각에 눈이 먼 데다가, 가장 유별난 딸을 어서 결혼시키고 싶어 안달이 난 아버지는 이렇게 말했고, 결국 결혼식은 예정대로 진행됐어요.

하지만 할머니는 결혼반지를 끼는 순간 남편 손에 이끌려 새장 속에 갇힐 거라는 사실을 처음부터 알고 있었죠. 왜 바로 떠나지 않았나요?

물론 할머니가 바로 떠났다면 저는 세상에 태어나지 못했을 거예요.

엄마는 할머니가 할아버지를 오랫동안 사랑했고, 옆에서 도와주면 바뀔 거라고 오랫동안 믿었다고 말해 줬어요. 그런 다음에는 세

아이들과 함께 여러 번 떠나려고 해 봤지만 번번이 할아버지한테 붙잡혔다고도 했어요.

할머니가 남편의 어떤 점을 사랑했는지 도무지 이해할 수가 없어요.

엄마 말로는 할아버지의 폭력성이 난데없이 나타난 게 아니라 어릴 때 당한 폭력이 되풀이된 거래요. 할머니는 이런 악순환을 멈추려고 했지만 잘 안 됐죠. 어쨌든 할머니는 성공했어요. 제가 아는 한 할머니의 세 아들 중에서 배우자를 때리는 사람은 없으니까요.

할머니, 이게 다 무슨 낭비죠? 이 모든 게 다 무슨 고통이냐고요! 할머니가 얼마나 외로웠을까 생각하면 가슴이 아파요.

할머니는 제2차 세계 대전 후에 태어났고, 저는 유로가 등장하고도 훨씬 뒤에 태어났죠. 지금까지 저는 할머니 같은 사람들 덕분에 우리가 발전할 수 있었다고, 할머니의 삶이 우리의 의식을 바꿨다고 생각했어요. 덕분에 여자아이들도 남자아이들과 마찬가지로, 살과 피는 물론 사고력을 가진 인간으로 동등한 대접을 받게 되었다고 말이에요. 작고 예쁘기만 한 존재, 예쁘니까 침묵하는 게 당연한 존재로 여겨지던 시절은 끝났다고 생각했죠. 그런데 그게 꼭 사실은 아니라는 생각이 들어요. 얼마 전에 어떤 인터뷰를 읽었어요. 우리나라 최고령 의사로, 백 살 가까운 나이에도 아직 현역으로 활동하는 의사의 인터뷰였죠. 그분은 여성에게 가해지는 폭력이 증가하고 있다는 사실을 진료 중에 확인하고 분노했어요. 뭐든 할 수 있다는 착각에 빠져서 기회만 생기면 칼을 휘두를 준비가 된 남자들이 있다는 거예요. 믿기지가 않아요. 어쨌든 수치는 거짓말을 하지 않죠. 실제로 남편의 손에 목숨을 잃는 여성이 계속 늘어나고 있으니까요.

이상한 일이지만, 이 사실을 깨닫고 나니 오히려 힘이 났어요. 포기할 수 없다는 생각이 들었죠. 다시 기운을 내야죠. 몇 시간 동안 사라졌던 활기가 제 안에서 꿈틀거리고 다시 돌아오는 게 벌써 느껴져요. 있는 그대로의 저, 정신과 육체를 가진 저를 태워 줄 파도죠. 정신과 육체는 따로 존재할 수 없어요. 더 이상 가슴도, 성기도, 귀도, 엉덩이도, 입도, 뇌도, 제 생각도, 그 어떤 것도 숨기고 싶지 않아요. 이게 저예요. 저는 지구상에 사는 모든 존재와 똑같이 존중받을 권리가 있어요. 곤충, 어린이, 물고기, 나무, 노동자, 새, 농부, 가난한 사람, 외국인, 코끼리, 장애인, 고슴도치와 마찬가지로요. 할머니, 지구를 위한 제 투쟁은 폭력에 대한 투쟁이기도 해요. 남자와 여자, 부유한 사람과 가난한 사람, 사람과 동물, 회의론자들과 자연 사이의 관계를 지배하는 폭력적인 논리에 대한 투쟁이죠.

오후 늦게 리나가 우리 집 1층에 자전거를 세우고 올라왔어요. 어제부터 계속 메시지를 보내도 답장이 없어서 걱정했대요. 침대에 나란히 앉아서 합성 사진에 대해 말해 줬죠. 리나는 제 얘기를 들더니 턱에 자국이 생길 정도로 입을 꾹 다문 채 아무 말도 하지 않았어요. 그러더니 화가 나지만 놀랍지는 않다고 말하더군요. 아침부터 계속 지난 사흘 동안 위원회 SNS 계정으로 쏟아져 들어오는 악성 댓글을 지웠나 보더라고요. 무슨 얘기가 있었는지 몇 개만 말해 달라고 사정했어요. 리나는 주머니에서 꺼낸 종잇조각을 펼쳐서 보여 줬어요. 아버지가 보는 신문에서 오려 낸 거래요. 제목부터 가관이었어요. "마케팅 인형 바르바라 알베스, 중국의 원격 조종 받나?"

웃음을 참을 수가 없었어요. 하지만 웃으면서도 마음이 아팠죠. 이보다 더 모욕적인 일이 있을까요? 여자들을 무조건 인형과 인형이 아닌 것, 이렇게 둘로 분류하는 남자들이 있어요. 이것만 봐도 우리 여자들을 어떻게 생각하는지가 뻔해요.

기사를 빠르게 훑어봤어요. 감히 이런 주장을 펼치다니, 어이가 없어요. 제가 대대적인 음모의 산물이래요. 팩트 체크는 없었어요. 개인적인 생각의 나열과 소문의 유포에 불과했죠. 글을 쓴 사람(기자라고 믿고 싶지도 않아요)의 주장에 따르면, 기후 변화에 대한 제 지식이 전무하다시피 한 수준이래요. (그럼 몇 년 전부터 경종을 울리고 있는 과학자들의 지식 수준에 대해서는 어떻게 생각하는 걸까요? 그 사람들도 아무것도 모른다는 얘기일까요?) 또 제가 너무 급진적이라고 비난했어요. 제가 '환경 독재'를 전파하는 사도래요. 극좌파 파벌의 장난감일 수도 있다더니, 신재생 에너지 사업을 독점하는 중국 기업들이 정책 변화를 가속화하기 위해 저를 은밀히 이용한다는 가설까지 내놓았어요. 저를 '크메르 베르', 그러니까 '크메르 루주'의 녹색 버전 취급하더라고요. 자료를 이미 찾아본 리나가 이 말은 곧 저를 1970년대 캄보디아에서 대량 학살을 벌인 급진적인 좌익 단체에 빗대는 거라고 설명해 줬어요. 그러니까 이 사람 눈에는 제가 이 학살자들과 다를 게 없다는 거예요. 설마 제가 환경을 위해서라면 반인륜적 범죄를 저지를 준비가 돼 있다고 진지하게 생각하는 건 아니겠죠?

놀랍고 무서웠어요.

극단주의자로 몰리고 '정부의 적'이라는 낙인이 찍혀 모욕을 당해야만 경제 시스템을 비판할 자격이 생기기라도 하는 걸까요? 만일 그렇다면 이렇게 분류될 사람이 적지 않을 텐데 말이에요.

우리 평범한 시민들이 기후 이상으로 초래된 결과들을 고스란히 감수할 거라고 정말 믿는 걸까요? 우리가 침묵을 지키고, 예고된 재난을 기다리기만 할 거라고요? 제가 보기에는 그렇지 않아요. 우리는 여러 나라 정부들이 그저 눈가림용으로 일시적이고 비효율적인 친환경 정책을 만들어 내는 게 아니라 정말 적절한 조치를 취하기를 원해요.

리나가 어떻게 하면 좋겠냐고 물었어요. 우리는 트위터에 뭔가 올려서 반응을 보이는 게 좋을지, 같이 이야기를 나눠 봤어요. 결국 무시하자는 결론을 내렸죠. 우리가 반응하지 않으면 없는 일이 될 테니까요.

기후를 위한 투쟁이 왜 저를 향해 이토록 엄청난 증오를 불러일으키는지 이해가 안 돼요. 뭐, 한편으로는 이해가 너무 잘 되기도 하네요. 사람은 변화를 좋아하지 않죠. 특히 뭔가 이익을 보고 있는 사람일수록 더 그렇죠. 지금 당장은 저를 괴롭히는 사람들이 더 큰 일을 벌이는 걸 막을 방법을 찾아봐야겠어요. 무시하겠다고 말은 했지만, 사실 그럴 수가 없어요. 그 사람들 생각이 머릿속을 떠나지 않거든요. 그 사람들이 제 뇌를 조종하도록 내버려 두지 않을 거예요. 말처럼 쉽지는 않겠지만요.

11. 월요일

할머니, 겨우 일어났는데 벌써 지치네요. 월요일은 꼭 등산 같아요. 이제 가파른 오르막길이 시작되는 거죠. 소나기가 쏟아져서 기온도 뚝 떨어졌어요. 밤새 조금도 쉬지를 못했어요. 드럼 세탁기 리듬에 맞춰 머리도 빙빙 도는 것 같았어요. 눈이 뻑뻑하고, 등은 뻐근했어요. 만원 전철을 탄 뒤에야 겨우 잠이 깼어요. 사람들 사이에 낀 채 이동하는 게 지긋지긋해요. 분노하는 법도 모른 채 군소리 없이 견디는 무리 틈에 끼어 있기 싫어요. 그러다 별것 아닌 일에 금세 난장판이 되잖아요. 내일은 자전거로 가야겠어요.

보일러가 과열돼서 교실이 너무 더웠어요. 가동을 멈출 수도 없었어요. 수리 기사가 와야 고칠 수 있는데, 교장 선생님도 기사가 언제 올지 모른대요. 과도한 열기를 몰아내기 위해 창문이란 창문은 다 열었어요. 참을 수 없는 낭비죠. 저는 겨우 졸음을 떨쳤지만, 다들 그런 건 아니었나 봐요. 프랑스어 담당인 베르네 선생님이 생각에 잠긴 표정으로 교탁 앞에 서 있었어요. 지각한 애들까지 전부 자리에 앉고 다들 기다리는데도 한참 말이 없더니 이렇게 말하는 거예요.

"여러분한테 글을 하나 읽어 줄 거예요."

우리는 어리둥절해서 눈빛만 주고받았어요. 원래 베르네 선생님 수업은 이렇게 시작되지 않거든요. 오늘 아침에는 왜 이렇게 알 수 없는 표정을 짓고 있는 걸까요?

"어떤 글인데요?"

브란돈이 조바심을 냈어요.

그때 저는 선생님이 읽으려고 하는 종이에 쓰인 게 제 글씨라는 걸 알아봤어요. 어깨가 절로 움츠러들었죠. 선생님이 낭독을 시작했어요. 우리더러 귀를 기울여 들으라는 듯이, 목소리는 높이지 않았어요.

"내 사촌 에두아르는 과잉기억증후군을 앓고 있다. 과잉기억증후군이란, 모든 것을 다 기억한다는 뜻이다. 에두아르는 그게 정말 가혹한 병이라면서, 기억을 추려 내고 싶다고 한다. 예를 들면 유치원 때부터 지금까지 스쳐 간 선생님의 성함을 모조리 기억한다든지, 유치원 때부터 지금까지 같은 반 친구들의 이름을 빠짐없이 기억한다든지 한다는 것이다."

책상 아래 숨긴 다리가 후들거렸어요. 제가 쓴 글이었거든요. 지난 월요일에 조금 늦게 제출한 과제였어요. 기억을 주제로 한 자유 작문 과제였죠.

"내 사촌 에두아르는 과거의 장면들을 머릿속으로 계속해서 떠올린다. 더 이상 생각하고 싶지 않을 때조차 말이다. 나는 정반대다. 내 기억은 여기저기 찢기고 그물코가 벌어지고 커다란 구멍이 난 어망과도 같다. 내 머릿속에는 무엇이든 악착같이 잘라 버리려고 하는 가위가 있는 것 같다. 에두아르는 내가 운이 좋다고 한다. 기억의 속성은 우리를 아프게 한 것, 그러니까 고통이나 슬픔을 지울 수 있게 해 주는 거라나."

저는 몸을 숙여 책상 끝으로 삐져나온 발끝만 내려다봤어요. 이런 깜짝 선물을 받기에 적당하지 않은 날이었거든요. 너무 불편했어요. 더 이상 선생님의 목소리에 귀를 기울이지 않고, 몸을 웅크렸어요. 그대로 사라져 버리고 싶었죠. 원래 선생님은 우리가 제출한 글을 수업 시간에 읽어 주지 않거든요. 저를 따로 불러서 같은 반 학생들 앞에서 제 과제를 낭독해도 좋은지 물어볼 수도 있었잖아요. 무슨 의도인지 이해가 안 됐어요. 어쩌면 멜라니 뒤파스키에와 같은 생각이라서 저를 제자리로 돌려놓으려는 건 아닐까요? 아마 사전을 더 자주 찾아보는 게 어떻겠냐고 할지도 모르죠. 글에 실수가 너무 많고, 글씨체도 너무 기울어지고 둥글둥글하다면서 말이에요.

"어떤 작가가 쓴 글인가요?"

뭔가 이상하다 싶었는지, 켄자가 물었어요.

저는 의자 위에 놓인 몸을 최대한 작게 만들었어요. 선생님은 대답하지 않고 계속 읽어 내려갔어요. 도대체 왜 그렇게 길게 썼을까요? 마지막 문단이 끝날 때까지 이 낭독 시간은 저한테 끔찍한 고문이에요.

"구멍이 숭숭 난 기억력에도 불구하고, 다른 사람들이 자기만의 텃밭을 가꾸듯, 나도 꾀를 부려 내 기억을 가꾼다. 어떤 때는 글로 써 두고, 어떤 때는 사진을 찍어 둔다. 나는 잊어버리고 싶지 않다. 특히 내가 자신들보다 덜 고단한 삶을 살도록 나보다 앞서서 사람들이 벌인 투쟁을 잊고 싶지 않다. 나는 그 투쟁을 기리며, 내 뒤에 올 세대들의 삶이 지금 이 지구에서 계속 이어질 수 있도록 싸운다."

정적이 감돌았어요. 선생님은 우리를 둘러보며 질문을 던졌어요.

"자, 여러분은 이 글에 대해 어떻게 생각하죠?"

저는 애들이 아무 대답도 안 할 거라고 확신했어요. 한숨을 쉬고, 하품을 하고, 어쩌면 키득거리면서 비웃겠거니 했죠. "마음의 준비를 해. 각오해. 상처받지 마.” 하고 생각했어요. 입술을 잘근 잘근 깨물며 눈을 내리깔았어요. 순간 이동이라도 하고 싶은 심정이었어요.

“엄청난데요.”

알렉시가 중얼거렸어요.

그러다 켄자의 허스키한 목소리를 듣는 순간, 저는 숨을 멈췄어요. 켄자가 망설이니까 선생님이 말해 보라고 격려를 해 줬죠. 감정이 격해져서 목소리가 떨렸다는 걸 바로 알 수 있었어요. 켄자는 코를 훌쩍이더니 더 이상 망설이지 않고 말했어요.

“정말 감동적이에요. 제가 겪은 일들이 떠올랐어요. 고통스러운 일도, 기쁜 일도요.”

교실 안은 다른 잡음 없이 그저 친구들의 목소리로만 가득했어요. 제 글이 주목을 받은 거예요.

선생님이 드디어 비밀을 폭로했어요.

“이 글을 쓴 사람이 여러분 중에 있다는 건 이미 눈치챘겠죠.”

그러더니 제 과제를 아이들 눈앞에 흔들었어요.

“우리 중에요?”

플라비오가 어리둥절해서는 물었어요.

“우린 작가가 아니잖아요!”

레아는 화를 내다시피 격한 반응을 보였죠.

"작가가 아니면 단어를 다룰 수 없나요? 글을 좋아할 수 없어요?"

선생님은 이렇게 질문하면서 제 쪽을 돌아봤어요.

"말도 안 돼요, 선생님!"

사미가 소리를 질렀어요.

"요리사는 글을 못 써요. 다들 아는 사실이잖아요. 식당 종업원도 마찬가지고요!"

알렉시가 우겨 댔어요.

남자애들이 여자애들보다 훨씬 화가 난 것처럼 보였어요. 자기 자리에서 벗어나면 안 되고, 장르를 섞으면 안 되고, 자기 틀에 안주해야 하고, 자기한테 붙은 꼬리표와 어긋난 일은 하면 안 된다고 믿는 애들이 더 많은 것 같아요.

"그럼 작가는 요리를 하면 안 되나?"

켄자가 비웃었어요.

"그 얘기가 아니잖아. 요리는 누구든 할 수 있어."

브란돈이 횡설수설하자 선생님이 웃음을 터뜨렸어요.

"선생님이 장담하는데, 브란돈, 훌륭한 식사를 준비하는 일은 아무나 할 수 있는 게 아니란다. 선생님도 말이야, 손님은 식당에서 대접하지 집으로 초대해서 음식을 만들어 먹이지는 않아."

교실이 웃음바다로 변했어요.

선생님은 태연하게 제 쪽을 천천히 돌아봤어요.

"바르바라, 이 글을 쓴 게 너 맞지?"

아이들의 시선이 저에게 쏟아졌어요. 입이 바싹 마르고, 목은 타들어 갔죠. 간신히 입을 열었어요.

"네."

저는 겨우 고백했어요. 왠지 죄책감이 느껴지고, 참회라도 하는 듯 목이 메었어요. 무슨 잘못이나 결점, 아니 무슨 범죄 사실을 자백하기라도 하는 것 같았죠.

감탄 섞인 휘파람 소리와 탄성이 터져 나오고, 다들 놀라서 웃음을 터뜨렸어요. 제 옆자리에 앉은 파니는 저를 팔꿈치로 찌르면서 눈을 빛냈어요. 둘이서 눈빛을 주고받았죠. 저는 그냥 어색하게 웃어 보였어요.

"말도 안 돼요!"

교실 뒤쪽에서 폴이 외쳤어요.

"못 믿겠어."

폴 옆에 앉은 레아가 동의했죠.

두 줄 건너 앉은 톰이 칭찬하듯 저한테 손짓을 보냈어요. 모하메드는 처음으로 입을 열었어요.

"네가 쓴 거 맞아? 인터넷에서 베낀 거 아니고?"

웃음소리가 더 커졌어요.

"다 너 같진 않아."

켄자가 받아쳤죠.

선생님은 미소 띤 얼굴로 아이들의 반응을 음미한 다음 설명을 시작했어요.

"자, 여러분한테 바르바라의 글을 읽어 준 이유는 이 아름다운 글을 함께 나누고 싶었기 때문이에요."

"멋져요."

켄자가 중얼거리자 다른 아이들도 동의했어요. 선생님이 말을 이어 갔죠.

"또 여러분도 아마 다 들었겠지만 지난주에 라디오를 비롯한 언론 매체에서 어떤 여성 정치인이, 국회의원이죠, 바르바라를 '꼬마 요리사'라고 불렀어요."

몸 둘 바를 모르겠더라고요. 온몸이 후들거렸어요.

"네, 바르바라를 무시했어요."

플라비오가 대답하자 선생님이 다시 한번 강조했어요.

"맞아요. 바르바라를 모욕하고 깎아내리려는 의도로 한 말이라는 게 분명하죠."

브란돈의 반박이 이어졌어요.

"그게 뭐 그렇게 충격적인가요?"

그러자 리나가 격렬하게 반발했어요.

"뭔 소리야? 모르겠어? 그 여자가 바르바라에 대해 한 말이라지만, 나까지 무시당하고 모욕당한 기분이었다고! 우리 반 애들 다 직업계잖아. 그 의원이 한 말이 무슨 뜻이라고 생각해? 손으로 하는 일을 하는 사람은 아무 생각도 없고 의견도 없다는 거야. 그냥 넘길 일이 아니라고. 난 그 말을 들으니까 더 열심히 투쟁하고 시위해야겠다 싶어."

교실은 웅성거리는 소리로 가득 찼어요. 다들 자기 의견을 말하겠다고 난리였죠. 결국 선생님이 나섰어요.

"여러분한테 어떤 꼬리표를 붙이려는 사람들을 경계할 필요가 있어요."

"하지만 우리도 스스로에게 꼬리표를 붙이잖아요……. 전부터 그래 왔고요."

파니의 지적에 선생님도 동의했어요.

"맞아요. 가끔은 우리도 스스로를 지나치게 한정적인 이미지에 가두곤 하죠. 우리의 첫 번째 적은 우리 자신일 때가 많아요!"

"예를 들어 우린 스스로 절대 요리를 제대로 할 수 없을 거라고 생각해요."

마티스가 짓궂게 끼어들었어요. 선생님도 웃으면서 인정했어요.

"맞아요. 그 누구도 직업, 피부색, 성별, 사회 계층으로 한정돼서는 안 돼요. 말은 때로 우리를 가두기도 하죠. 그래서 말을 다루는 법을 알아야 해요. 목수든, 의사든, 컴퓨터 과학자든, 요리사든 상관없어요."

"선생님은 그럼 바르바라가 진로를 바꿔서 작가가 돼야 한다고 생각하세요?"

마티스가 질문을 던졌어요.

"자신이 무엇을 원하는지 알아야겠죠. 하지만 요리사와 작가 둘 다 될 수 있어요. 넌 어떻게 생각하니, 바르바라?"

선생님이 제 쪽을 돌아보며 물었어요.

"한번도 생각해 보지 않았지만, 그냥 말해 보자면…… 전 요리가 좋아요. 정말 하고 싶은 일이죠. 글쓰기는 또 다른 문제예요. 여가라고 해야 할까, 아니면 스포츠 같은 거예요. 글을 쓰면 해방되는 기분이 들고, 자전거로 동네 한 바퀴를 돌 때처럼 기분이 좋아져요."

제가 대답하자 의심스러운 눈빛을 보내는 애들이 있었어요. 자기들한테는 고역인 일이 즐거움을 준다니, 도무지 상상이 안 되는 모양이죠.

침묵 가운데 다들 서로를 바라보기만 했어요. 무엇이 진짜인지, 아직 눈치채지 못한 게 무엇인지를 다른 사람에게서 찾으려는 것처럼요. 파니가 제 귀에 속삭였어요.

"네 덕에 완전 멋진 일이 벌어지고 있어. 소름이 다 끼친다."

116

할머니, 제가 이 얘기를 할머니한테 하는 이유는, 제가 글을 쓰고 싶어진 게 할머니가 우리를 떠난 다음부터이기 때문이에요. 전에도 글쓰기를 좋아하긴 했지만, 중요하게 생각하진 않았어요. 제가 태어나서 처음으로 겪은 죽음이 바로 할머니의 죽음이에요. 그리고 그 이후로 제 삶은 달라졌어요. 할머니 장례식 날 밤에 글을 쓰기 시작했어요. 너무나 빨리 할머니를 떠나보낸 것도 물론 슬펐지만, 할머니의 삶이 어땠는지를 처음으로 알게 되니 견딜 수가 없었죠. 그때까지 저는 아무것도 몰랐어요. 할머니가 몇 년 동안 정신병원에서 치료를 받을 때의 기억이 전부였으니까요. 제가 태어났을 때 이미 할머니는 남편을 살해하고 유죄 판결을 받은 상태였죠. 할머니가 우리 곁을 떠난 뒤에야 재판을 받기 전에 몇 달 동안 수감 생활을 했고, 법원에서 정당방위를 인정받고 나서야 무죄를 선고받았다는 사실을 알게 됐어요. 그러니까 죽을 위기에 놓였기 때문에 죽일 수밖에 없었다는 할머니의 말을 사람들이 믿어 줬다는 거예요. 사람들은 할머니를 믿었고, 모든 정황도 맞아떨어졌어요. 살려면 죽이는 수밖에 없었죠. 중죄재판소 배심원단은 할머니에게 선택의 여지가 없었다고 판단했어요. 제가 찾아낸 신문 기사들의 내용도 마찬가지였어요. 할머니의 사연은 중죄재판소의 방청 보고서를 봐도 부분 부분 알 수 있어요.

이 모든 일을 겪고 나서 어떻게 행복해질 수 있었겠어요? 할머니는 차차 우리가 광기라고 부르는 것 속으로 빠져 들어갔어요. 혼자서는 생활을 감당할 수 없는 상태가 되어 결국 정신병원에 입원할 수밖에 없었죠.

오랫동안 저는 할머니가 재미있다고 생각했어요. 오랫동안 이렇게 생각했죠. "할머니랑 같이 있으면 진짜 재밌어!"

장례식 날 저녁, 삼촌들이 어린 시절 얘기와 할머니의 사연을 꺼내고 나서야 아빠는 할머니와 아빠, 삼촌들이 어떻게 살았는지 이야기해 줬어요. 그런 얘기를 털어놓는 게 아빠한테 얼마나 힘든 일이었을지 잘 알아요. 어쩌면 한편으로는 아빠도 말을 하면서 이 모두가 다 지난 일이고, 이미 다 극복한 일이라는 걸 깨달아 후련했는지도 모르죠. 저는 다 듣고 난 다음 버려진 공책을 찾아 글을 써서 생각을 정리해 보려 했어요. 제가 느낀 분노를 표현하고 싶기도 했고요. 슬프기보다는 화가 났던 것 같아요. 하지만 제 펜이 종이 위에 쏟아 내는 글이 너무나 형편없게 느껴졌어요. 그래서 그냥 때려치우고, 공책을 던져 버렸어요. 하지만 머리로는 계속 써 내려갔어요. 그 문장들은 제 뇌가 식료품 저장실이라도 된 양 고스란히 남아, 그 뒤로 제가 쓰게 된 모든 글에 양분이 돼 주었죠.

저는 지금도 어떻게 남자가, 그러니까 할아버지가, 아내와 아이들에게 그렇게 심한 폭력을 행사했는지 이해가 안 돼요. 아빠는 어릴 적에 할머니와 함께 다닐 때면 할머니의 팔이 온통 멍으로 뒤덮

118

여 있어서 창피했대요. 매를 맞으면서도 그 사실을 숨기고, 하지만 또 모든 걸 완벽하게 감추지 못하는 어머니가 원망스러웠대요. 이런 말을 털어놓는 아빠는 그렇게 떳떳해 보이지는 않았어요. 눈물을 흘리지는 않았지만, 갈라진 목소리로 말을 제대로 잇지 못했죠. 기억 속 장면들이 눈앞에 떠올라 가슴이 먹먹해진 것 같았어요. 할머니, 아빠는 할머니를 구하지 못했다고 스스로를 원망해요. 아빠와 삼촌들이 할아버지의 손아귀에서 할머니를 구해 낼 수도 있었겠죠. 적어도 아빠는 그렇게 생각해요. 엄마는 아빠가 그렇게 말하면 못 견뎌 해요. 그렇다고 짜증을 내진 않지만요. 그저 말도 안 되는 얘기라고 강력하게 주장할 뿐이죠. 어디서 들었는지는 모르겠지만, 엄마 말로는 피해자가 스스로를 가해자라고 생각하는 경우가 흔하대요. 자식이 부모를 구하다니 말이 안 된다고 강조했어요. 할머니네 가족만 보면 한 남자가 절대 권력을 휘두른 게 사실이죠. 하지만 주변의 많은 사람들, 사회 전체, 나라 전체의 공모가 있었다는 게 엄마의 주장이에요.

할머니, 왜 떠나지 않았어요?

아빠는 할머니가 여러 차례 시도했다고 말했어요. 도망쳤다 원점으로 돌아오는 일의 반복이었다고 기억하더라고요. 아빠는 또 어린 시절 내내 할머니를 잃을까 봐 두려웠다고 했어요. 아침에 눈을 뜰 때나 학교에서 돌아올 때면 피바다 속에 누워 있는 할머니의 시체를 보게 될까 봐 무서웠대요.

있잖아요, 할머니, 장례식 이후에 저는 공정한 것과 부당한 것이 무엇인지에 대해 생각해 보기 시작했어요. 불쾌하기 짝이 없는 것과 바뀌어야 하는 것, 할 수 있는 것과 해야 하는 것에 대한 일종의 목록을 만들었죠. 자신이 가진 힘을 남용하는 사람들, 그 사람들의 지위, 또는 그 사람들이 지배력을 행사하고 다른 사람들을 억압하게끔 하는 요인에 대해 눈을 크게 뜨고 지켜보겠다고 다짐했어요. 그래서 저는 여러 가지에 맞서야 해요. 가난, 전쟁, 인종차별, 탄압, 착취…… 당장은 제 생각에 이 모두를 포괄하는 한 가지를 선택했어요.

12. 화요일

자전거 바퀴에 펑크가 났어요. 바람이 다 빠져 있었는데 고칠 시간이 없었어요. 결국 자전거를 포기하고, 펭귄 무리에 점령당한 빙하처럼 사람들로 빽빽한 전철을 타야 했어요. 그런데 할머니, 만원 전철 한구석에 페디가 있었어요. 그 애가 코 아래로 내려오는 앞머리를 쓸어 올리던 바로 그 순간, 제가 딱 알아본 거죠. 목까지 구불구불 내려오는 긴 머리카락, 은색 헤드폰, 색 바랜 녹색 재킷, 데님 바지, 재킷과 같은 색 운동화…… 15미터는 떨어져 있었지만, 그 애는 자석처럼 제 몸을 끌어당기고, 제 몸 안에 뭔가 일렁이는 것같이 이상한 반응을 일으켰어요.

열일곱 살이 되도록 지금까지 그 누구를 봐도 이런 감정을 느낀 적은 없어요. 남들에 비해 심장이 좀 작아서 무딘 건가 싶었죠. 6개월 전, 개학 날 처음으로 페디를 봤을 때, 저는 이게 꿈은 아닌지 헷갈려서 리나의 손을 잡았어요. 리나는 잠깐 혼란스러웠대요. 제가 자기를 꼬신다고 생각한 거죠. 그럴 수도 있죠. 리나는 아몬드처럼 생긴 눈에, 열정적이고 괴짜 같은 데가 있어서, 누구라도 홀딱 반할 만큼 매력적이긴 하거든요. 저는 숨을 가쁘게 쉬면서도 곧바로 그건 아니라고 했죠. 하지만 페디에 대해서는 아무 말도 하지 않았어요. 단 한 번도, 아무에게도 안 했어요. 무의식적으로 저 혼자만의 비밀로 간직했어요. 다리는 힘이 풀려 후들거리고, 배 속은 반으로 갈라질 것 같았어요. 가슴 한가운데 놓인 아주 단단하고 작은 공 하나가 점점 부풀고, 부풀고, 또 부풀어서 공간 전부를 차지하는 것처럼 가슴이 미친 듯이 부풀어 올랐어요. 이런 일이 벌어지다니, 말도 안 된다고 생각했어요, 할머니. 말도 안 되죠. 제 몸이 이렇게 제 말도 듣지 않고, 마음대로 반응하다니요. 가슴이 불타오르고, 이제껏 알지 못하던 생기로 부글거렸어요. 심장이란 이런 거였군요. 저한테도 분명 심장이 있고, 기능도 완벽하네요. 한편으로는 심장이 멀쩡하다는 사실에 안심도 됐지만, 곧바로 이거 꽤 귀찮게 됐다 싶기도 했어요. 6개월 전부터, 페디가 제 시야에 들어올 때마다 가슴속에서 심장이 부풀어 올라요. 주변을 둘러싼 분자, 먼지, 공기가 전부 심장 안으로 들어와 풍선처럼 팽창시

켜요. 탄력성이 엄청난 라이크라로 만들었다고 생각할 정도로 말이죠. 다른 점이 있다면, 이 풍선은 엄청나게 무겁기도 하다는 거예요. 부풀어 오른 풍선은 제 목구멍 깊숙한 곳까지 올라와 한구석을 차지하고, 결국 제 기도를 막죠. 질식하지 않으려면 기침을 하는 수밖에 없어요. 그런데 오늘 아침 전철 안에서 저는 요란하게 터져 나온 기침 때문에 눈길을 끌고 말았어요. 근처에 있던 사람들이 저를 돕겠다고 나서면서 소란이 벌어지는 바람에 먼 곳에 있는 사람들의 시선까지 끌게 됐죠. 페디도 저를 알아볼 수밖에 없는 상황이었어요. 그런데 그 애는 바닥만 내려다볼 뿐, 저를 알아봤다는 티를 조금도 내지 않았어요. 사람들 무리에 휩쓸려서 플랫폼으로 내려설 때는 서로 꽤 가까운 거리까지 갔는데도 계속 저를 모른 척하지 뭐예요. 제가 먼저 한 걸음 다가갔어요. 저를 못 알아볼 수가 없잖아요? 그런데 왜 지난번처럼 인사를 하지 않는 걸까요? 당황한 눈빛으로 저를 위아래로 훑어보는 게 느껴졌어요. 저에게서 뭔가를 찾는 것처럼, 벌거벗기는 듯한 눈빛이었죠. 도대체 왜 이런 눈으로 나를 보나 싶었어요. 그러다 주머니를 뒤적거리더니 겨우 저한테 말을 걸더라고요. 하지만 단호한 목소리에 저는 얼어붙어 버렸죠.

"좀 전에 이런 걸 받았어. 사진 속 이 여자애, 너 맞지?"

저는 페디의 휴대폰을 내려다봤어요. 주말에 받은 합성 사진 중

하나겠거니 했는데, 또 다른 사진이었어요. 진짜 제 사진이었죠. 허리에 수건 한 장을 두른 채 물이 가장자리까지 찬 욕조 안에 서 있는, 몇 달 전 사진이에요. 장난삼아 찍은 거였죠. 좀 흐릿하고, 그렇게 잘 나온 사진도 아니었어요. 엉덩이는 너무 크고, 가슴은 비어져 나올 것 같았죠. 사진 위로는 슬로건이 쓰여 있었어요. "기후를 위해서라면 나처럼 해 봐요!"

저는 한 걸음 뒤로 물러섰어요. 수치스러웠죠.

목소리가 나오지 않았어요. 입술은 꾹 붙어 버렸고요.

"남자 꼬시는 방법도 참 특이하다!"

페디가 날 선 목소리로 빈정거렸어요.

저는 밀려드는 혐오감과 당황스러움을 감추고 싶어서 저도 모르게 시선을 돌리고 얼굴을 찌푸렸어요.

"까놓고 말해서 미안한데, 반나체로 노출하면 사람들이 시위에 더 많이 올 거 같아?"

아무 말도 나오지 않았어요. 페디의 얼굴에 드러난 경멸하는 기색을 보니 차라리 그 자리에서 쓰러져 사람들 발에 짓밟히는 편이 낫겠다 싶었죠. 어느 쪽이 더 충격적이었는지 모르겠어요. 그 사진인지, 아니면 그걸 믿는 페디의 노골적인 태도인지.

"도대체 왜 내가 너한테 이걸 보냈다고 생각해?"

겨우 입을 열어 방어에 나섰어요.

"사람들 말로는 네가 언론에 오르내리는 걸 좋아한다던데?"

그러더니 저를 뚫어져라 보는 게 아니겠어요? 그 거만한 태도가 경악스러웠어요. 공격적인 태도에 한 대 얻어맞은 것 같은 심정으로 마주 바라봤죠. 제 앞에 있는 사람이 정말 페디가 맞긴 할까요?

"왜 날 그렇게 봐?"

저는 간신히 눈물을 삼키며, 대답하지 않고 돌아섰어요.

서둘러 계단을 올라가서 구석에 숨었어요. 제 적은 도대체 누구일까요? 제가 페디를 좋아한다는 건 어떻게 알았을까요? 페디의 말 한마디에 제가 무너지리라는 건 또 어떻게 알았죠? 그 적은 저에게 모욕감을 주기에 가장 효과적인 방법을 찾아낸 거죠. 여름 방학 때 찍은 이 사진은 또 어디서 찾아 이렇게 빼돌려서 제 명예를 바닥까지 떨어뜨리는 걸까요?

죽고 싶었어요. 허탈한 마음으로 반대편 플랫폼에 서 있었죠. 페디는 저를 이런 식으로 생각해 온 거군요. 도대체 저는 왜 그 아이를 좋아했을까요? 아빠가 데리러 오면 좋겠다 싶었지만, 이만한 일로 부모님에게 구조 요청을 할 만한 나이는 지났죠. 집에 돌아가서 수치심과 실망감에 빠진 채 방에 틀어박혀야겠다고 생각했어요. 리나한테 전화를 걸었는데 받지 않더라고요. 결국 아빠한테 전화를 했지만 지금은 받을 수 없다는 안내 멘트가 나왔어요. 눈물이 고이기 시작하고, 사람들의 시선이 몰리는 게 느껴졌어요. '시위대 소녀'를 알아보는 사람들도 있었어요. 어떤 남자는 제가 사람들 앞에서 울음을 터뜨리기를 바라는 것처럼 곁눈질하더라고요. 어떤 할머니는 지팡이에 몸을 기댄 채로 자리에 멈춰 서더니 요란하게 한숨을 내쉬며 저를 바라봤어요. 저는 감정을 추스르고 태연한 표정을 지으려 했지만, 결국 통로를 달려 지상으로 나왔어요. 그런데 갑자기 누가 제 팔뚝을 잡더라고요. 저는 뿌리쳤어요. 톰이 어리둥절한 얼굴로 서 있었어요. 무슨 일이 일어난 걸까요? 제가 톰 목소리를 못 들은 거겠죠? 톰도 제 사진을 받았대요. 게다가 받은 사람이 자기뿐만이 아니라고 했어요. 당황해서는 자기 휴대폰을 제 코밑으로 들이밀며 묻더라고요.

"이게 다 무슨 일이야?"

깜짝 놀라 들여다보니 페디가 조금 전에 보여 준 사진이었어요.

"대체 무슨 수작이래?"

톰이 화를 냈어요. 굳이 변명할 필요가 없었죠. 톰은 제가 그런 사진을 보낼 애가 아니라는 걸 잘 아니까요.

"어디서 찾았을까?"

톰이 물었어요.

"내 휴대폰 아니면 리나 휴대폰이겠지. 저번 여름 방학 때 같이 놀러 가서 찍은 거거든."

저는 리나가 찍어 준 이 사진을 좋아해요. 아니, 이젠 좋아했다

126

고 말해야겠죠. 둘이 함께 리나네 할머니 댁에 가서 정말 즐거운 시간을 보냈어요. 욕조에 물을 받아 목욕도 했죠. 그 여름의 유일한 목욕이었어요. 그해의 유일한 목욕이기도 했어요. 우리 집에는 욕조가 없으니까요. 둘이 같이 목욕을 하면서 잡지에 나오는 스타들처럼 포즈를 잡고 서로 사진을 찍어 줬어요. 그냥 장난이었다고요.

"휴대폰 해킹이네! 너희가 직접 인터넷에 올린 게 아니라면 말이지만……."

"분명히 말하는데 난 아니야. 리나가 그랬을 리도 없고."

"휴대폰 도둑맞은 적 있어?"

"아니, 아닐걸."

톰이 얼굴을 찡그렸어요. 자기 휴대폰을 손가락으로 두드리며 뭔가를 생각하는 것 같았어요. 학교 전체에 사진이 퍼진 것 같아 두려우면서도 한편으로는 안심이 됐어요. 최소한 제 적들이 제가 페디를 좋아한다는 사실은 모르고 있는 것 같아서요. 그냥 다른 애들한테 보내듯이 그 애한테도 보낸 거겠죠.

톰은 또 인터넷에 올라온 글에 대해서도 얘기해 줬어요. 누가 이 사진을 마치 제가 직접 올린 것처럼 꾸며서 제 페이스북에 올렸는데, 거기에 로익 바를리에라는 사람이 댓글을 달았대요. "이런 게 환경보호론자라니! 소총을 갈겨야 잘난 척을 못할 텐데!" 저는 이 댓글을 읽고 또 읽었어요. 이 말이 진심이라고 받아들이기가 힘들었죠. 옆에서 톰이 소리쳤어요.

"이게 살인 교사가 아니면 뭐야! 심각하다, 진짜. 얼른 페북 계정 비활성화시켜."

톰의 충고대로 하려는데 휴대폰이 울렸어요. 아빠였어요. 전화로 뒤죽박죽 설명을 시작했어요. 사진에 대해, 페이스북 포스팅에 대해 말했지만 댓글 얘기는 망설여졌어요. 아빠가 소총 얘기를 들으면 어떤 반응을 보일지 짐작이 됐거든요. 할머니가 남편을 살해할 때 쓴 무기도 비슷한 종류였죠. 하지만 이 사실을 알 리가 없는 톰은 제 얼굴에서 눈을 떼지 않은 채, 손가락으로 계속 페이스북 페이지를 가리키면서 어서 아빠한테 다 말하라고 손짓을 했어요. 결국에는 톰 말대로 했어요. 아빠는 한동안 말이 없더니 화면을 캡처해서 사진과 같이 보내 달라고 했어요. 경찰서로 바로 다시 가겠다고요. 그러면서 처음으로 저한테 조심하라고 당부했어요.

저녁이 됐어요. 엄마는 환멸감이 가득한 얼굴로 조리스를 데리고 들어왔어요. 조리스는 얼굴에 커다랗고 시퍼런 멍을, 코에는 할퀸 상처를 달고 있었죠. 그런데 함께 싸운 뤼카는 더 많이 다친 모양이에요. 한쪽 눈에 시커먼 멍이 생기고, 이가 하나 깨지고, 팔뚝이 부러졌대요. 뤼카네 부모님은 응급실 의사가 처치를 대충 끝내자마자 경찰서로 달려갔대요. 조리스가 학교 운동장을 유도장으로 여겼는지, 뤼카한테 밭다리후리기 기술을 걸었나 봐요. 자기보다 훨씬 큰 상대인데 말이죠. 조리스는 기술에는 실패했지만 균형을 무너뜨리는 데는 성공했고, 뤼카는 결국 착지를 제대로 하지 못했대요. 아빠는 아연실색했어요. 조리스는 얼굴을 굳힌 채 입을 열지 않았지만 아빠는 이해가 안 된다면서 계속 고집을 부렸어요. 여태까지 항상 문제가 생기면 화를 가라앉힌 다음 폭력이 아닌 다른 방법을 쓰라고 가르쳤으니까요. 그러자 조리스가 소리를 꽥 질렀어요.

"아빠가 아빠네 엄마한테 해 준 적이 없는 걸 누나한테 해 주느라 그런 거야! 누나를 보호한 거라고!"

아빠는 몸을 떨더니 순식간에 얼굴이 창백하게 질렸어요. 그런 모습을 지켜보는 저도 가슴이 죄어들었어요. 이런 타격은 아빠도 예상하지 못한 거였죠.

"그게 무슨 소리지?"

아빠가 알아듣기 힘든 목소리로 물었어요.

"뤼카가 누나 욕을 했어."

잔뜩 화가 난 조리스가 대답했어요.

침묵이 흘렀어요. 조리스는 우리를 바라보면서 어떻게 설명해야 할지를 고민했어요.

"걔가 뭐라고 했냐면, '너네 누나는……'"

불안하게 흔들리는 눈동자에는 혼란과 분노가 가득했죠.

"걔가 누나에 대해 뭐라고 말했냐면…… 나쁜 말을 막 했는데…… 끔찍했어. 그런데도 걔를 그냥 둬?"

조리스가 동의를 구했지만, 폐부를 찔린 아빠는 정신이 없어서 대답을 하지 못했어요. 조리스가 말을 이어 갔어요.

"아빠가 그랬잖아! 말이 중요하다며! 아무 말이나 하게 내버려 두면 결국 그 말이 진짜가 된다고 했잖아! 아니야?"

저는 제 꼬마 동생을 꼭 안아 줬어요. 조리스와 저는 원래 서로 잘 안아 줘요. 서로가 있다는 게 좋아요. 터울이 있지만 그게 무슨 상관이에요.

"고마워."

조리스의 귓가에 이렇게 속삭여 주고 나서, 소파에 쓰러져 있는 아빠를 대신해서 말했어요. 피로에 짓눌린 아빠의 얼굴에는 핏기 하나 없었고, 걱정 때문에 이마에 깊은 주름이 패여 있었죠.

"하지만 친구들이 아무 소리나 한다고 해서 그때마다 유도 기술을 쓰면 안 되지. 게다가 뤼카가 정말 그렇게 생각하는 건 아닐 거야. 어른들이 하는 말을 듣고 그대로 따라 하는 거지."

조리스는 저를 못마땅한 눈으로 쏘아봤어요. 배신감을 느꼈는지, 홱 돌아서더니 소리를 지르지 뭐예요.

"나쁜 사람들을 그냥 두면 안 돼! 나쁜 사람들이 이기는 결말은 이제 싫어!"

그러더니 문을 쾅 닫고 나가는 바람에 나무 한가운데 금이 쫙 갔어요.

엄마가 아빠를 걱정스러운 눈으로 바라봤어요.

"조리스는 내가 어머니를 못 지켰다고 비난하네."

아빠가 슬프게 말했어요.

"그거 잘됐네. 축하해 주자고! 조리스가 당신 얘기를 제대로 이해한 거잖아. 아버지를 지켜 주지 못했다고 비난할 수도 있었는데!"

엄마가 명랑하게 말했지만 아빠는 소파 속으로 꺼져 들어가는 것 같았어요.

"조리스한테 할머니에 대해 말해 줬니?"

엄마가 물었어요. 저는 말없이 고개를 저었어요. 사진 벽장, 오렌지색 상자, 커다란 봉투에 대해서는 침묵을 지켰죠.

"우리가 하는 얘기를 들었나 봐. 다는 아니겠지. 그냥 일부만 들었을 거야."

이렇게 말하는 엄마도 안심하고 싶은 눈치였어요. 그러더니 아빠에게 다가갔어요.

"조리스도 이제 열 살이야. 당신이 말해 주길 기다리고 있을걸."

아빠는 아무 반응도 보이지 않았어요. 감당하기 힘들었을 거예요. 엄마가 다시 말했어요.

"실제로 어떤 일이 벌어졌는지 들어도 될 만한 나이야. 폭력이 뭔지 이해할 나이지. 절대 끝나지 않는 메커니즘이지만 진행을 막을 수는 있다는 걸 알 때가 됐어."

엄마와 저는 천장만 바라보는 아빠를 거실에 혼자 두고 나왔어요. 얼마쯤 뒤에 아빠가 복도로 나와 조리스의 방문을 두드리는 소리가 들렸죠. 그러자 엄마가 저한테 말하기 시작했어요. 사람들이 저에 대해 떠들어 대는 말에 개의치 않았으면 좋겠대요. 엄마 말로는 아빠가 이 모든 일 때문에 굉장히 힘들어한대요. 할머니의 재판 때, 그리고 그 이전 기억이 자꾸 떠오르나 봐요. 4층 사는, 매 맞는 여자네 아들이었던 시절 말이에요. 사람들이 할머니에 대해 하던 말들을 못 견뎌 하던 시절이었죠.

13. 수요일

자전거 바퀴를 고쳤어요. 엄마 아빠와 함께 자전거를 타고 학교에 갔어요. 제가 맨 앞에서 달렸어요. 요즘은 엄마 아빠와 모든 시간을 함께 보내요. 아니, 엄마 아빠가 모든 시간을 저와 함께 보내 준다는 말이 맞겠네요. 두 사람의 생활은 온통 저를 돌보는 데 맞춰져 있어요. 그 점에서 존경스러워요. 엄마 아빠는 진정한 부모예요. 책임을 아는 부모란 뜻이죠. 저를 섣불리 판단하지 않고, 저의 사회 참여도 비난하지 않아요. 무엇보다, 제가 저일 수 있도록, 신념을 지킬 수 있도록 격려해 줘요. 항상 토론을 통해서 논거를 제시하는 법을 가르쳐 줬어요. 채식주의자가 되겠다는 결심을 알린 날이 기억나요. 엄마 아빠는 제 얘기에 귀를 기울이고 의견도 내놓았지만, 제 생각을 바꾸려고 하지 않았어요. 그 뒤로도 계속해서 제 앞에서 고기나 치즈를 먹었죠. 집에서나 밖에서나 채식 때문에 문제를 일으키지 않는다는 조건으로, 또 제가 채식을 다른 사람들과 거리를 두거나 튀어 보이기 위한 수단으로 사용하지 않는다는 조건으로 제 선택을 받아들인 거예요. 무엇보다 직업계 요리 전공 바칼로레아 준비에 방해가 되지 않는다는 조건으로 말이에요. 물론 제가 생선 포를 뜨거나 닭 뼈를 바르는 법을 배우면서 엄청난 기쁨을 느끼는 건 아니에요. 하지만 이런 일을 못 하겠으면 직업을 바꾸는 게 낫죠.

그래서 저는 타협을 하며 살아요. 풀밖에 안 먹는 딸 때문에 사는 게 복잡해졌다고 불평하는 리나네 엄마를 볼 때면, 제가 엄마 아빠 딸로 태어나서 얼마나 운이 좋은지 생각하죠.

오늘 아침, 저는 엄마 아빠와 함께 교장실로 호출됐어요. 덥수룩한 흰머리, 잔뜩 구겨진 눈썹, 글렌 체크 재킷에 옹색하게 갇힌 어깨를 한 데샹 선생님 앞에 쪼르르 늘어선 우리 세 사람의 모습이 상상되나요? 엄마 아빠도 저랑 똑같이 긴장하는 게 느껴졌어요. 둘 다 이런 호출에는 통 면역이 없잖아요.

교장 선생님은 얼굴 가득 과장된 미소를 띠고 말을 시작했어요. 겉으로는 태연해 보였지만, 의자 위 엉덩이를 가만히 두지 못하는 모습을 보니 실은 굉장히 불편한 상태라는 게 짐작됐죠. 먼저 학교로 항의 전화가 쏟아진다는 얘기부터 꺼내더군요. 품행이 바르지 못한 저에 대한 비난과, 학생 관리에 신경을 쓰라는 요구가 대부분이래요. 그다음에는 학생들은 물론, 전 교직원에게 무차별적으로 전송된 제 사진들에 대한 언급이 이어졌어요.

저는 고개를 숙인 채로 얘기를 들었어요. 발을 내려다보면서 선생님의 눈을 피하다가 자세를 바로 하고 고개를 들었어요. 어차피 선생님의 시선은 아빠에게 고정돼 있었으니까요.

상부에 보고가 들어갔고, 경찰에도 알렸대요. 교육부 소속 감독관들이 조사에 착수했나 봐요. 선생님에게 신중해지라면서, 계속되는 금요일 결석 시위에 대해 행정적인 조치를 취하라고 당부했대요. 선생님은 지금으로서는 요청을 따를 생각이 없지만, 얼마나 더 버틸 수 있을지는 모르겠다고 했어요. 학교를 주시하는 눈이 많대요. 선생님더러 방임주의가 심하고, 학생들한테 너무 관대하다고 비난하는 사람들이 많아서 이제 엄하게 제재해야 할 것 같대요. 저는 선생님 말에 귀를 기울였어요. 넌 끔찍한 이메일과 사진들의 피해자야. 사람들이 벌하려는 건 바로 너란다. 넌 사람들이 네 미래를 도둑질하기 때문에 투쟁하지만, 이 모든 게 너한테 해를 끼치고 있어. 사람들이 너한테 압박을 가하고 여기저기에서 너를 위협하지. 이 사람들한테 자식이 없을까? 만일 있다면 아예 신경도 안 쓸까?

교장 선생님은 제 적이 아니에요. 그건 처음부터 알고 있었어요. 나름대로 도움을 받기도 했고요. 하지만 선생님은 이제 본인의 신념과 위에서 내려오는 명령 사이에서 이러지도 저러지도 못하고 있었어요. 낙담한 것 같기도 했죠. 선생님은 마침내 제 쪽을 돌아보더니 제재를 가하지 않아도 되게끔 다른 활동 방식을 찾아보면 안 되겠냐고 물었어요. 엄마가 저 대신 대답을 해 버리는 바람에 저는 입을 열지도 못했어요. 선생님은 그제야 엄마도 그 자리에 있다는 걸 알아차린 듯했어요.

"청소년에게는 투표권이 없죠. 수업 거부는 의사 표현을 위한 유일한 수단이에요. 선생님 상급자들은 우리가 아이들에게서 희망을 빼앗아 가고 있다는 사실을 직시하지 못하는 것 같군요."

당황한 선생님이 허공에 손가락을 흔들었어요. 줄에 매달려 다리를 버둥거리는 거미인 줄 알았다니까요. 한참 뒤에 반론이 이어졌어요.

"학교 교육은 중단되어서는 안 됩니다. 이 사회에서 어른들이 청소년에 대해 신경을 쓰는 유일한 곳이 바로 학교죠. 다른 데서는 누가 신경이나 쓴답니까?"

엄마가 반박하지 못하자 선생님이 다시 말했어요.

"개인적으로 전 청소년들의 활동에 찬성합니다. 하지만 학생들이 선을 넘지 않도록 하는 것 또한 제 역할이죠."

"우리가 지지하지 않으면 아이들은 오히려 더 급진적으로 변할 거예요."

엄마의 주장에 선생님도 동의했어요.

"맞습니다. 게다가 그러기만을 기다리는 사람들도 있죠. 입김을 불어 선동하면서 우리 아이들이 당장 제압해야 할 테러리스트, 공공의 적 취급을 받기만 기다리는 거죠."

손에 무기를 든 제 모습은 단 한 번도 상상해 보지 않았어요. 저는 무기를 정말 증오해요, 할머니. 무력으로 문제를 해결할 수 있을까요? 할머니는 소총으로 남편을 죽임으로써 문제를 해결했나요? 그 사람은 할머니 위에 군림하고, 할머니를 학대하고, 때리고, 두렵게 하고, 위협하고, 강간했어요. 하지만 그 사람을 죽인 뒤에 할머니는 미쳐 버렸죠. 사랑하는 할머니, 할머니가 그 사람 손에 죽도록 가만히 있었어야 한다는 말은 아니에요, 아시죠? 하지만 왜 아무도 그 일이 벌어지기 전에 할머니를 도와주지 않았을까요?

그래서 저는 온 세상이 원망스러워요. 제가 인류의 생존을 위해 투쟁하고 있기는 해도, 가끔은 인류가 토 나올 정도로 혐오스러워요.

당연히 할아버지도 원망스러워요. 아빠는 어릴 때는 할아버지를 좋아했대요. 그리고 할머니가 몇 년 동안이나 남편을 떠날 생각도 하지 못한 건 아빠와 삼촌들 때문이라고도 했어요. 아빠는 아버지에 대한 사랑이 조금씩 증오로 바뀌어 갔다고 했어요. 이 증오는 아버지에 대한 폭력적인 감정으로 표출되는 데 그치지 않고, 결국 모든 걸 집어삼켰죠. 증오가 삼촌들을 향하게 되면서 형제간에 불화가 싹트고, 자기혐오에 빠지게 됐대요. 제가 태어난 뒤에야 비로소 아빠는 자신의 내면에 어둠만 있지는 않다는 걸 깨달았다고 해요.

할머니, 아빠는 형제들 중 한 명이 언젠가는 아버지를 죽였을지도 모른다고 생각해요. 폭력은 아무것도 해결하지 못한다는 사실을 세 형제 다 그 누구보다 잘 알아요. 하지만 누구라도 매일 어머니가 학대당하는 모습을 본다면 아버지보다 더 힘이 세지는 날 자기 손으로 정의를 실현하고자 하는 충동을 느끼지 않겠어요? 어머니가 울음을 그치고 평화롭게 살 수 있도록, 마침내 자기도 평화롭게 살 수 있도록 말이에요.

보통 법은 약자를 보호하기 위해 존재하죠. 법이 있으니 우리는 악인을 직접 응징하지 않아도 돼요. 하지만 법이 적용되지 않는다면 어떻게 해야 할까요?

총이 법보다 나은 해결책이라고 생각하는 사람들이 원망스러워요. 2018년 미국 플로리다 파크랜드에 있는 고등학교에서 일어난 총기 난사 사건에서 살아남은 학생들이 민간인 총기 보유를 규탄한 일이 있었어요. 저는 그 학생들의 이야기를 들으면서 혼자만을 위해 살아서는 안 되겠다고, 대의를 위해 투쟁해야겠다고 생각했어요. 그리고 할머니의 장례식 날 밤에 다시 한번 생각했죠. 제 결심을 행동으로 옮길 때가 됐다고 말이에요.

"바티스트 샹베르는 따님을 인턴으로 받아들이지 않을 겁니다."

교장 선생님이 갑자기 통보했어요. 제 존재는 다시 무시됐죠.

엄마 아빠는 자리에 앉은 채 뻣뻣하게 굳어 버렸어요.

"왜죠?"

벌써부터 분노하기 시작한 아빠가 물었어요.

엄마가 아빠의 팔에 손을 올렸어요. 아빠는 불의 앞에서 쉽게 흥분하는 경향이 있거든요.

"바르바라에게 요리를 가르치는 메르시에 선생님이 샹베르 씨의 조수 중 한 명에게서 전화를 받았다더군요. 레스토랑에서 바르바라를 인턴으로 받아들이겠다는 확답을 한 적이 없답니다."

엄마가 제 손에 손깍지를 끼고 힘을 줬어요.

"말도 안 됩니다. 바르바라가 샹베르 씨의 레스토랑에서 일하려고 얼마나 노력했는데요."

아빠가 항의했어요.

"바르바라가 잘못 알아들은 거겠죠."

교장 선생님이 모호하게 말했어요.

분노로 몸이 떨려 왔어요. 하지만 말을 하려 해도 공기가 새어

나가지 못하도록 가슴을 압박하는 마개에 막힌 것처럼 말이 목에 걸렸어요.

"그렇군요, 이게 소위 책임감인가요? 또는 약속이라고 부르기도 하는 것 말이죠."

엄마가 비난했어요.

"이제 그럼 어쩌실 셈입니까?"

잔뜩 화가 난 아빠가 자리에서 일어나며 물었어요.

"메르시에 선생님이 벌써 다른 레스토랑에 연락해 네 인턴 문제를 알아보는 중이란다, 바르바라."

교장 선생님이 제 쪽을 돌아보며 말하자 아빠가 항의했어요.

"샹베르 씨 쪽에 다시 요청하실 수는 없습니까? 샹베르 씨가 채용을 약속했기 때문에 바르바라는 다른 유명한 레스토랑의 제안을 여럿 거절했어요."

교장 선생님은 서류 더미를 손가락으로 두드리더군요. 얼굴은 학교 안마당 쪽으로 난 유리문을 향한 채 이렇게 중얼거렸어요.

"쉽지 않아요, 쉽지 않아."

저는 엄마 아빠와 함께 교장실을 나섰어요.

"이제 그럼 어쩌지?"

제가 물었어요.

"기다려 보자."

아빠가 말했어요.

"뭘 기다려?"

이미 상처를 입을 대로 입은 저는 아빠에게 짜증을 쏟아 냈어요.

엄마가 아빠를 두둔하듯이 한숨을 쉬며 말했어요.

"다른 데서 널 인턴으로 받아 주기를 말이야. 할 일은 이것 말고도 많아. 그리고 이제 다시 일하러 가 봐야 하기도 하고."

"아, 그래? 그럼 가 보셔야지! 엄마 아빠 그럼 항복하는 거야? 장애물 하나가 나타났다고 다 그만둘 거냐고?"

엄마 아빠에게 분통을 터뜨리긴 했지만, 실은 저한테 화가 난 거였어요.

스스로에 대한 비난을 엄마 아빠에게 퍼부은 거죠.

다 그만두고, 다 포기하고 싶어요.

이제는 모든 사람이 가지고 있는 것 같은 그 사진 때문에 어제부터 어떤 시선에 시달렸는지, 어떤 비난이 쏟아졌는지 전부 다 말하지는 않을래요, 할머니. 리나, 톰, 파니는 애들 대부분이 제 편이고, 그런 장난에 놀아날 만큼 바보가 아니라고 장담했어요. 무슨 일이 벌어지고 있는지 눈여겨보고, 제가 어떤 앤지도 이미 잘 알고, 일부 언론에서 저를 골 빈 여자애, 꼬마 '말썽꾼' 취급을 하면서 순식간에 비난과 비하, 희화화의 대상으로 만들어 버렸다는 사실도 알고 있다는 거죠. 블로그, 트위터, 신문 기사, 신문 칼럼

등에서 저를 헐뜯는 사람들은 거의 남자인데, 멜라니 뒤파스키에 같은 여자들도 가끔 끼어 있어요. 기자, 누리꾼, 시사평론가, 정치인이라면서 다른 할 일은 하나도 없는 모양이에요.

"네가 거슬린다는 거지!"

학교 안마당에서 톰이 단언했어요.

저는 입을 다물고 가만히 있었어요. 반박할 생각은 없었지만, 그 말을 믿는 것도 아니었어요. 평소에는 말이 없는 파니도 의견을 내놓았어요.

"내 생각도 그래. 이건 널 겨냥해서 세워진 작전이 분명해. 그 불똥이 우리 활동과 우리 청소년 전체로 튀겠지. 다시 말해서 그건 우리가 두려움의 대상이고, 어쩌면 우리가 세상을 정말 바꿀 수 있을지도 모른단 얘기야. 우리가 하는 일이 진짜고, 정당하다는 얘기라고. 결국 우리가 옹호하는 건 단 하나, 인류뿐이니까. 그렇다면 계속하는 수밖에 없지."

저는 지평선 위로 솟은 한 점을 바라봤어요. 뿌리를 구속하는 금속 보호대에 갇힌 나무가 보였죠. 누가 저 나무를 저렇게 가둬둘 생각을 한 걸까요?

리나는 제 편에 서겠다는 입장을 표명한 사람들 얘기를 꺼냈어요. 여성 예술가, 변호사, 선출직 의원, 연구자 여러 명이 기고문을 통해서 저를 겨냥한 집단적 폭력에 항의했대요.

"있지, 넌 혼자가 아니야. 기죽지 마. 행동해야 해."

리나는 「스테잉 얼라이브」 음악에 맞춰 심장 마사지를 하듯이 열정으로 저를 소생시키려고 노력했어요.

저는 고개를 끄덕였죠. 그래, 맞아, 계속해야지. 애들한테 말은 안 했지만, 사실 저는 지쳤어요.

저녁이 되어 학교를 나서는데 야니스와 마주쳤어요. 그냥 지나칠까 망설였지만 야니스가 저를 피하지 않더라고요.

"경계하라고 했잖아, 바르바라. 난 그 사람들 수법을 잘 알아. 같은 동네에서 자랐거든."

"그 사람들을 안다면서 왜 고발하지 않는 거야? 날 무너뜨리려고 무슨 짓이든 다 하는 사람들인데?"

"사정이 좀 복잡해."

야니스는 주머니에 손을 찔러 넣으며 대답했어요.

"그 사람들이 날 찾아와서 죽일 때까지 기다리는 거야?"

저는 일부러 야니스를 도발했어요.

"그런 짓까진 안 할 거야."

야니스는 재미있다는 듯이 반박했지만, 쓴웃음을 감추진 못했어요.

자전거를 밀면서 야니스 앞을 지나가려는데 저를 다시 부르더군요.

"바르바라! 그 사람들은 양아치긴 해도 살인자는 아니야."

저는 뒤로 돌아 고개를 끄덕였어요. 회의적인 얼굴로요.

"그렇다면 더 이해가 안 가는데. 나한테 왜 이러는 거야?"

"그 사람들은 그냥 하수인이야. 돈 때문에 그러는 거지. 하지만 내가 너라면 이번 금요일 시위에는 안 갈 거야."

"그러는 넌, 너도 돈 받고 나한테 이런 얘기를 해 주는 거야?"

야니스의 표정이 일그러졌어요. 갑자기 떨떠름해 보였죠. 저는 더 이상 아무 말도 하지 않았어요.

14. 목요일

이론상으로는 제가 가장 좋아하는 날, 목요일이에요, 할머니.

최대한 늦게 집을 나섰어요. 우박이 쏟아지는데도 자전거를 탔어요. 전철에서든 학교 앞에서든 페디와 마주칠 위험을 무릅쓰고 싶지 않았거든요. 죽을 때까지 다시는 그 애를 보고 싶지 않아요. 생각만으로도 불편해요. 그런 애한테 한눈에 반했다니, 너무나 부끄러워요.

맞바람이 몰아치고 가랑비가 비스듬히 떨어졌어요. 어깨를 구부리고 이마를 앞으로 내민 채 페달을 밟았어요. 다리가 체인에 마찰돼 젖은 피부에 검은 기름 자국이 남았어요. 눈앞에는 우박이 쏟아지고 있었죠. 볼트가 가득 박힌 벽을 지나는 것 같았어요. 습기가 몸을 파고들었지만 최대한 오래 호수를 따라 달렸죠. 백팩이 이쪽저쪽으로 흔들렸어요. 이러다 가방 때문에 넘어지겠구나 싶어서 앞으로 나아가는 데 온 신경을 기울였어요. 생각은 저 멀리로 밀어 버리면서요. 저를 사로잡고, 질식시키고, 삼켜 버리려는 실망, 비관, 좌절에 맞섰어요. 어딘가로 사라지고, 외딴 섬에 틀어박히고, 동굴에 숨어 은둔 생활을 하고 싶었어요. 알아요, 할머니. 제가 또 모순되는 얘기를 하고 있죠. 공동의 투쟁과 저만의 세계로 숨어드는 일 사이에서 갈등하고 있거든요. 자꾸만 후자에 마음이 끌려요. 꼬마 요리사 바르바라로 돌아가기가 힘들어요. 어쩌면 저를 되찾는다는 건 곧 다른 사람들이 기대하는 대로 틀어박혀 있는 것 아닐까요? 굴복하고, 거기까지라고 스스로를 제한하는 거요. 요리만으로도 만족할 수 있겠죠. 저는 다른 사람들을 기쁘게 하는 게 좋고, 받는 것보다 주는 게 좋거든요. 원래 그런 성격이죠. 그런데 실은 지금의 저를 있는 그대로 받아들이지 못하는 건 바로 저 자신이 아닐까요? 다른 사람이 되고 싶은 건 아닐까요?

일정표를 보니 셰프가 저를 주방에 배치했더라고요. 새로운 지시가 있을 때까지 서빙은 금지됐어요. 이론상으로는 이게 더 좋겠지만 현실에서는 걱정이 돼요. 학교는 사람들이 몰려드는 것도, 비난을 퍼붓는 손님도 원하지 않겠죠. 오늘 톰과 저는 디저트를 담당했어요. 초콜릿 케이크와 일플로탕트를 만들었죠. 계량, 비율,

손동작에 집중했어요. 나머지는 급하지 않아요. 하지만 제 정신은 자꾸 다른 데로 새고, 궁리를 하고, 넘쳐흘렀어요. 걱정거리와 강박 관념 때문이에요. 바티스트 샹베르가 왜 결정을 뒤집었을까 자꾸 생각하게 돼요. 그 사람은 아니라고 주장하지만, 저는 꿈을 꾼 게 아니에요. 레스토랑을 통해서 이미 승인을 받았다고요. 게다가 저는 그 사람이 독립적이라서 좋아했단 말이죠! 요리란 정치적 선택을 하는 거라고 해서 좋았거든요. 미식을 빌미로 모든 걸 다 허용할 수는 없다면서, 미식에도 일종의 윤리가 도입돼 환경을 보호하고 지구의 주민들을 보호하도록 하는 일이 시급하다고 말하기도 했어요. 심지어 그 사람이 한 말 중 한 문장을 베껴서 책상 위쪽 벽에 붙여 놓기까지 했다니까요. "요리는 아름다움과 선함을 다른 이들과 나누는 것이며, 자연과 사람을 존중하는 것이다." 이제는 그 사람이 진짜로 이런 문제에 관심이 있는지조차 의심스러워요.

SNS로 복수를 할까 생각해 봤어요.

"정확히 뭘 하려는 건데?"

톰이 묻더군요.

"그 사람의 태도를 고발하는 메시지를 띄우는 거지."

톰은 머리를 절레절레 흔들었어요.

"구리다, 구려!"

"그 인간도 구리잖아. 약속을 어기는 사람들한테 완전 질렸어."

"그렇게 하면 네 문제가 해결될 거 같아?"

한숨을 쉬고 말았어요. 저도 그렇게 생각해요. 진짜 구리죠. 복수는 그만두기로 했어요. 그렇다고 해서 이대로 가만히 있을 생각은 없어요.

톰과 함께 계획을 조정했어요. 쉬는 시간에 톰이 망을 보는 동안 저는 요리 담당 선생님 사무실로 몰래 들어가 바티스트 샹베르의 전화번호를 뒤졌어요. 결국 컴퓨터 파일에 저장된 번호를 찾았죠. 잠입 성공! 탈출도 성공! 화장실로 달려가 미쉐린 스타 셰프에게 바로 메시지를 보냈어요. 문제가 될 수 있다는 걸 알고 있었어요. 이 일로 제 평판이 떨어지고, 샹베르 씨가 어떤 레스토랑에서도 저를 받아 주지 않도록 다른 셰프들에게 연락을 할 거라는 예상도 했죠. 하지만 후회를 남기고 싶지는 않았어요. 거절을 묵묵히받아들이기 싫었어요. 그래서 이렇게 썼죠.

"샹베르 셰프님, 안녕하세요. 저는 셰프님이 인턴으로 받아주겠다고 한, 직업계 요리 전공 학생 바르바라입니다. 왜 생각을 바꾸셨나요? 정말 실망했습니다."

그런 다음 주방으로 돌아갔어요. 제 방식대로 저 스스로의 무기력함에 저항하려는 시도를 했다는 데 안심하면서요.

15. 금요일

아침형 인간이 다 무슨 소용이겠어요. 아직 해도 안 떴는데 말이죠. 아침까지 한숨도 못 잤어요. 이번 주만 해도 여러 번 있었던 일이에요. 끔찍한 생각들, 숨 막히는 악몽들 때문에 잠이 토막 나곤 해요. 벽에 가로막힌 기분이에요. 미래 때문에 불안하지만, 현재 때문에도 불안해요. 도대체 무엇이 모든 어른들을 이기적이고 수동적으로 만들어 버리는 걸까요? 어떻게 하면 어른들을 움직일 수 있을까요?

할머니에게 편지를 쓰면서 할머니를 보고 있어요. 오렌지색 상자에서 다른 사진들도 꺼내 왔어요. 할머니의 삶을 단계별로 보여 주는 사진들이죠. 할머니가 아직 남편을 죽이기 전, 그러니까 할머니가 서른일곱 살이 되기 전 사진들을 주로 보고 있어요. 할머니, 할머니를 보고 있으려니 풀리지 않는 수수께끼가 떠올랐어요. 할머니는 진짜로 어떤 사람이었죠? 할머니를 궁지에서 벗어날 수 있게 해 준 건 뭐였죠? 그저 생각만 했나요? 엄마는 할머니가 세 아들을 데리고 다 같이 죽으려고 한 적도 있다고 말해 줬어요. 너무 외롭고 절망적이었다고 몇 번이나 엄마한테 말했다면서요.

역설적이게도 할머니는 독재자 남편을 죽였는데도 해방되지 못했어요. 오히려 갇혀 버렸죠. 남편이 할머니를 가둬 둔 새장이 구치소로, 그다음에는 폐쇄병동으로 바뀌었을 뿐이에요.

엄마가 할머니를 처음 만났을 때, 할머니는 아직 완전히 정신을 놓은 상태는 아니었어요. 하지만 이따금 광기가 일시적으로 할머니를 집어삼킬 때가 있었죠.

가끔은 어쩔 수 없이 할머니를 원망하기도 해요. 왜 남편이 인생을 다 망쳐 버릴 때까지 아무것도 하지 않았는지, 왜 할머니를 파괴하도록 내버려 뒀는지 이해가 안 돼요. 알아요, 할머니. 이런 생각을 하는 게 자랑할 일은 아니죠. 이런 감정에서 벗어나려고 노력하고 있어요. 무슨 이유로든 할머니에 대해 제가 어떻게 비난할 수 있겠어요? 제가 어떻게 그 사람이 할머니를 죽이는 편이 나았을 거라고 생각할 수 있겠어요? 수많은 폭력적인 남자들이 그렇게 했고, 지금도 그렇게 하듯이 그 사람은 언제라도 할머니를 죽일 수 있었죠. 그런데 어떻게 할머니가 스스로를 방어하지 않는 편이 나았겠다고 생각할 수가 있겠어요? 증인대에 선 할머니의 이웃 아주머니는 눈물을 흘리면서, 할머니와 아이들이 남편에게 위협받는 장면을 목격한 적이 있다고, 그때 돕겠다고 나서지 않은 것을 후회한다고 말했어요. 신문 기사들도 할머니 일로 여러 차례 경찰서로 신고가 들어갔고, 불평을 하거나 신고를 하는 사람들이 하도 많다 보니 경찰들도 할머니의 주소를 외울 지경이었다고 보도했어요. 하지만 그 무엇도, 그 누구도 할머니의 남편이 할머니가 숨어 있던 아파트에 찾아가 할머니를 찾아내는 걸 막을 수 없었죠. 할머니가 단순히 자기를 떠나기로 한 게 아니라 이혼 소송을 청구했기 때문이에요. 그 사람은 할머니가 떠난 데 대한 대가를 치르기를 바랐어요. 소총을 손에 든 채로 위협하다가, 눈물을 흘리다가, 바람을 피운 창녀라고 비난하다가, 미치도록 사랑한다고 맹세하면서 흐느끼기도 했다죠. 16년 넘게 같이 살다가 이렇게 자기를 떠날 수는 없다며, 돌아오지 않는다면 죽어 버리겠다고도 했어요. 할아버지는 공갈 협박의 달인이었어요. 다른 사람들한테는 가장 좋은 면만 보여 주면서 두 사람의 관계가 열정적인 드라마인 것처럼 감쪽같이 속였어요. 실상은 평범한 부부 폭력, 가정 폭력 이야기였는데 말이죠. 할머니는 도대체 얼마나 오랫동안 이 터무니없는 이야기를 믿은 건가요?

(할머니, 고백하자면, 금요일이라고 적긴 했지만 이다음 얘기는 사실 당일에 기록한 게 아니에요. 읽다 보면 왜 그런지 이해가 될 거예요.)

창밖으로는 완전히 날이 밝았어요. 풀어헤쳐진 가느다란 분홍색 선들이 지나는 푸른 하늘이 보였어요. 머리가 펄펄 끓고 이마는 열 때문에 뜨거워서 펜을 내려놓고 자전거에 올라탔어요. 주머니에는 비타민씨 몇 알을 넣었죠. 수업 거부와 시위를 준비할 시간이었어요. 위원회에 저 대신 대변인 역할을 할 자원자를 요청할 계획이었어요. 더 이상 다른 사람들을 대변해서 혼자 나서기는 싫었거든요.

점심시간에 위원회가 사용하는 작은 방의 열쇠가 바뀌었다는 걸 알게 됐어요. 우리 물건이 다 안에 있는데 들어갈 수가 없었어요. 우리가 교장실에 들이닥치니 비서가 허둥대면서 교장 선생님은 외부 회의 참석 중이라고 했어요. 교육청 상관들이 호출했다는 걸 짐작할 수 있었어요. 비서는 그 이상 아무 말도 해 줄 수 없다고 했고, 우리도 고집부리지 않았어요. 처음으로 조리스와 함께 만든 플래카드 없이 시위에 나서야 했죠. 우리는 플래카드 몇 개를 급조해서 호수 쪽으로 힘차게 걸어갔어요. 오늘은 톰이 발언을 하고 기자들에게 답변하기로 했어요. 제 제안에 따라 위원회가 톰을 선출했거든요.

정말 오랜만에 저는 아무런 부담감도 중압감도 없이 시위에 참석하는 단순한 즐거움을 느낄 수 있었어요.

여태 한 번도 보지 못한 직업계 애들이 시위 행렬에 끼어 있었어요. 프랑스어 선생님도 어린 두 딸의 손을 잡고 참석했더라고요. 페디를 본 것도 같았어요. 잘못 본 거겠죠. 어쨌든, 저는 신경안 써요. 전철에서 그 애가 저를 모욕한 뒤로는 마주치지 않으려고 하거든요.

호숫가에 가 보니 확실히 청소년의 수가 많더라고요. 초등학생들도 꽤 많이 보였어요. 특히나 아이들과 함께 온 어른들이 정말 많았어요. 무슨 일이 벌어진 걸까요?

주머니 안에서 휴대폰이 진동했어요. 샹베르 셰프의 번호가 떠 있었죠. 심장이 멈춘 것 같았어요. 친구들한테서 조금 떨어진 뒤 전화를 받았어요.

"바르바라 알베스?"

"네, 전데요."

"바티스트 샹베르입니다. 어제 메시지를 남겼길래 전화했어요. 예정대로 인턴으로 받아들인다는 말을 하려고요. 이 주 뒤에 레스토랑에서 만나죠."

침묵.

"듣고 있나요?"

"네, 네, 고맙습니다. 혹시 저희 선생님과도 통화하셨나요?"

더듬더듬 물었어요.

"네, 방금 전화드렸습니다. 확인서도 우편으로 발송했고요."

"하지만 셰프님 레스토랑에선 거절을……."

"착오가 있었어요. 미안합니다. 선생님께도 지금과 같은 말씀을
드렸습니다. 알베스 양과 실습을 하겠다고요."

"하지만……."

"알베스 양이 보여 준 에너지가 주방에서도 진가를 발할 것 같
은데요, 그렇지 않나요?"

저는 우물우물 맞다고 했어요. 샹베르 셰프가 웃음을 터뜨렸죠.

"그럼 곧 봅시다!"

그러더니 전화가 끊겼어요. 기쁨을 주체할 수가 없었어요. 통
화를 하는 사이에 다른 애들 뒤로 처져서 리나, 톰, 파니가 보이지
않았어요. 눈으로 친구들을 찾으면서 얼른 시위대 앞쪽으로 가서
이 소식을 알려야겠다고 생각했어요. 날개라도 단 것처럼 가벼운
발걸음으로 뛰었어요. 그런데 갑자기 누가 저를 부르는 거예요.
거칠고 퉁명스러운 목소리였죠.

"거기, 너!"

팔이 비틀렸어요. 누군가가 제 몸에서 팔을 떼어 내려고 하는

것 같았죠.

"자, 이거나 받아!"

고개를 돌릴 겨를조차 없었어요.

갑자기 눈앞이 온통 뿌예지는 가운데, 형광 분홍색 해골 스티커가 붙은 검은 마스크가 보이더니, 장갑을 낀 주먹이 제 얼굴로 날아왔어요. 스트레이트 펀치.

"더러운 년! 입 다물고 주제 파악을 하도록 한 수 가르쳐 주지!"

그 사람이 이를 악물고 말했어요.

저는 비틀비틀 쓰러졌어요. 머리가 길가 턱에 부딪혀서 너무나 고통스러웠어요. 그런데 그 사람한테는 충분하지 않았나 봐요. 거미를 밟아 죽이듯이 발로 제 갈비뼈를 짓누르지 않겠어요? 소리조차 지를 수 없었어요. 아무 소리도 들리지 않았어요. 그 사람은 무기력한 살덩어리가 된 저를 악착같이 따라다니며 발길질을 해 댔어요. 도대체 왜 이렇게 저한테 화가 난 걸까요? 일어나서 똑같이 돌려줘야겠다고 생각했지만, 손도, 팔도, 다리도 움직일 수 없고, 고개도 들 수가 없었어요. 그러다 갑자기 발길질이 멈췄어요. 그 사람이 자리를 뜨는 동시에 귀가 다시 트였어요. 발소리. 소란스러운 소음. 반복되는 비명. 길바닥에 축 늘어진 제 몸. 코, 입, 목에서 느껴지는 피 맛. 온몸에 느껴지는 고통.

누군가가 무릎을 꿇고 몸을 숙여 저를 살폈어요. 조심스러운 움직임이었어요. 피투성이가 된 제 몸을 보고 두려움과 공포를 느끼는 것 같았어요. 속삭이듯 떨리는 목소리에서 짐작할 수 있었어요. 뭔가를 떠올리게 하는, 남자 목소리였죠.

"바르바라, 눈 좀 떠 봐!"

그 사람이 부드럽게 말했어요.

눈을 힘겹게 깜박여 봤어요. 금색 머리카락이 제 몸 위로 드리워 있었죠. 다시 눈을 감았다가 다시 떴어요. 이게 누구 머리카락이더라? 알 것 같은데…… 다시 사라졌어요. 저는 제정신이 아니었어요. 머리를 두들겨 맞아서인지, 뇌가 잘게 다져져서 제멋대로 날뛰는 것 같았죠. 모든 색깔과 형태가 다 퍼렇게 보였어요. 물속에서 헤엄치는 것처럼 수중 세계에 살고 있는 것 같았어요.

"내 목소리 들려?"

저는 입술을 겨우 달싹거렸어요.

"추워?"

저한테 말을 거는 목소리를 분명히 구분할 수 있었어요. 대답을 하고 싶었지만 잘 되지 않았죠.

"구급대가 오고 있어!"

그 애가 속삭였어요.

그 애는 뭔가로 저를 덮어 주고, 제멋대로 움직이는 제 팔다리를 진정시켰어요. 호기심에 더 가까이에서 보려고 다가오는 사람들을 떼어 놓는 소리도 들렸어요. 하지만 리나가 질풍같이 달려왔을 때는 그 애도 뒤로 물러날 수밖에 없었어요.

"무슨 일이야?"

얼이 빠져 있던 리나가 불쑥 소리쳤어요.

톰과 파니의 목소리도 들렸죠. 심장이 막 뛰었어요. 친구들이 다가왔지만, 감히 저를 만지지는 못했어요. 온갖 감정이 밀려왔어요. 저를 구해 준 애가 친구들에게 무슨 일이 있었는지를 설명했어요. 어떤 남자가 저를 공격하다가 도망쳤고, 경찰이 쫓아가서 체포하려는데도 달아났다는 말을 듣는데 눈물이 제 볼 위로 콸콸 쏟아졌어요.

"우리가 왔어, 바르바라! 걱정 마, 다 잘될 거야!"

친구들이 놀란 목소리로 말했어요.

"내가 바르바라 옆에 있을게."

그 남자애가 제안했어요.

반발하고 싶었어요. 그 애가 아니라 톰, 리나, 파니와 함께 있고 싶었어요. 눈을 열심히 깜박여 제 뜻을 알리고 싶었지만, 제 상태로는 더 이상 아무것도 표현할 수가 없었죠. 검은 장막이 드리우는 것 같더니 어둠이 저를 삼켜 버렸어요.

정신을 차린 뒤 눈을 뜨고 제일 처음 본 건 침대 옆 의자에 앉은 아빠였어요. 창백하게 질린 얼굴에, 입술에도 핏기가 하나도 없었어요. 병실이겠거니 생각했어요. 아빠가 견디기 힘들어 하고 몹시 불편해하는 장소 중 하나죠.

"이걸 좀 마셔 보세요. 기운이 좀 날 거예요!"

간호사가 아빠에게 컵을 하나 건네면서 권했어요.

붉은 머리를 틀어 올리고 초록색 띠를 이마에 두른 그분이 이번에는 저를 돌아보며 말했어요.

"그래, 바르바라, 이제 정신이 드니?"

제가 걱정스러운 눈으로, 저를 보고 바로 몸을 일으키려는 아빠를 살피는 걸 눈치챈 그분이 다시 말했어요.

"맥이 풀려서 그러신 거야. 곧 괜찮아지실 거야. 그렇죠?"

"그럼요!"

아빠가 저에게 미소를 지어 보였어요.

"그렇다고 해서 당장 막 움직이시면 안 되죠. 앉아 계세요! 따님은 어디 안 가요."

아빠는 간호사 선생님의 지시에 따랐어요. 잠시 후 얼굴에 혈색이 돌아온 아빠가 다가왔어요.

"괜찮아?"

제가 물었어요.

"그럼. 내가 주사를 끔찍이 싫어한다는 걸 말했어야 하는데. 간호사 선생님이 네 팔에 바늘을 찌르는데 내가 기절하는 줄 알았다."

몸은 꿈쩍도 안 하는데도 웃음을 참을 수가 없었어요. 저는 아빠가 허약하다고 놀려 줬어요.

"엄마한테 오라고 하지, 왜?"

"아빠가 오는 게 더 편했거든."

아빠가 투덜댔어요. 그러더니 저를 안아 주고 싶어 했지만, 제 몸은 안 아픈 데가 없었어요. 그래서 아빠는 제 이마에 뽀뽀를 하는 것으로 만족했어요. 그런 다음, 저는 이런저런 검사를 받아야 했어요. 마침내 의사가 아빠를 안심시켜 줬어요. 충격이 커서 의식을 잃었고, 갈비뼈 몇 대가 부러졌고, 커다란 혈종이 생겼지만, 상처투성이 얼굴에 비하면 양호하다고요.

"따님이 바위처럼 단단하군요!"

흰 가운을 입은 의사가 감탄했어요.

미소가 지어졌죠. 아빠도 인정했어요. 복도로 나가니 왼쪽 귀에 작은 파란색 귀고리를 한 남자가 다가왔어요. 크록스를 신고 있었지만 알고 보니 경찰이더라고요. 제가 습격당한 일이 널리 알려졌고, 상부에서도 적극 개입했대요. 서둘러 조사를 해야 하니 제가 경찰서에 가서 무슨 일이 있었는지, 무엇을 보고 들었는지 증언해야 한다고 했어요. 그사이에 가해자는 이미 수감됐어요. 음식 배달을 하다가 불량배가 된 사람이에요. 돈으로 움직이는 사람이죠. 경찰은 우리가 아는 사람일 거라고 했어요.

"왜 이런 짓을 했는지 알아냈습니까? 정신이상자인가요?"

아빠가 물었어요.

"그런 척하려고 했죠. 정신에 문제가 있는 척하지만, 이미 파악이 다 끝났습니다. 자기가 무슨 일을 하는지도 모르고 그냥 돈을 받고 시키는 대로 했을 겁니다."

"그게 무슨 소리죠? 바르바라를 폭행하라고 누가 사주했다는 겁니까?"

아빠가 분개했어요.

"뭔가 수상쩍은 움직임이 일어나고 있습니다. 시민들의 요구가 받아들여지는 걸 꺼리는 사람들이 있어요. 열다섯 살이든 일흔다섯 살이든, 모든 시민들이 침묵하고 집 밖으로 나오지 않는 걸 원하는 사람들이요. 예전으로 돌아가면 모든 게 아주 편해지니까요."

경찰이 하는 말을 정확히 이해할 수는 없었지만, 우리 시민들이 거리에 나와 시위를 하면서 엄청난 힘을 갖게 됐다는 건 알 수 있었어요. 세상이 바뀌도록 분위기를 이끈 거죠.

"누가 사주했는지 찾아내세요!"

아빠가 경찰에게 거의 명령하듯 말했어요.

"그래서 가능한 한 빨리 경찰서에 출두하시는 게 아주 중요합니다. 수사를 위해서요."

"내일은 어떻습니까?"

"내일, 좋아요."

제가 대답했어요.

병원 자동문을 향해 절뚝거리며 멀어져 가는 경찰을 아빠와 제가 서둘러 따라잡았어요.

"바르바라를 폭행한 사람을 어떻게 찾았는지는 말씀 안 하셨는데요."

경찰이 대답했어요.

"전화 제보가 들어왔어요. 고발이 들어와서 가해자 집으로 가 잡았죠. 로즈레 지역이에요."

한 번도 가 본 적 없는 동네였어요. 아파트 건물들이 늘어선, 트램이 지나는 동네죠. 야니스네 동네예요. 어쩌면 말도 안 되는 상상인지도 모르지만…… 천천히 물었어요.

"제보자가 누구죠? 알고 계세요?"

경찰의 대답은 단호했어요.

"아니. 젊은 친구였어. 이웃이거나 경쟁자거나 둘 중 하나겠지."

해가 질 무렵에야 겨우 조리스와 엄마가 기다리는 집으로 돌아왔어요. 그제야 저는 울음을 터뜨렸어요, 할머니. 몇 주, 몇 달이

나 울지 않았었는데 말이에요. 몸 안에 있던 눈물을 전부, 사해를 되살릴 수 있을 정도로 엄청난 양의 눈물을 몇 리터나 쏟아 냈어요. 아빠, 엄마, 조리스의 품에 안겨 엉엉 울었어요. 우리 넷이 함께할 수 있다니 얼마나 큰 행운이에요! 그런데 전화가 멈추지 않고 계속 울렸어요. 엄마가 받았어요. 그동안 조리스는 엄마와 함께 기록한 응원 메시지 뭉치를 저에게 전해 줬어요. 사촌들, 이웃들, 친구들, 안 좋은 말을 했다고 후회하는 엄마 아빠의 동료들, 요리 담당 브뤼노 메르시에 선생님, 프랑스어 담당 엘로디 베르네 선생님…… 유치원 때 담임 미리암 리부아르 선생님이 남긴 메시지는 이랬어요. "너에 대한 멋진 기억이 남아 있단다. 삶의 기쁨을 간직하렴. 절대 포기하지 마." 조리스는 이제 태블릿을 가지고 와서 엄마 아빠에게 쏟아진, 저를 응원하는 이메일들을 보여 줬어요. 수십 통이나 있었죠. 유명한 사람들에게서 온 것도 있었어요. 샹베르 셰프는 꽃다발까지 보내 줬어요. 조리스는 또 시위 중에 친구들이 저를 위해 찍은 영상들을 보여 줬어요. 시위대에 페디가 있는 것 같았지만, 확신할 수는 없었어요. 그냥 무시하려는데 조리스가 영상을 멈추더니 손가락으로 페디의 얼굴을 가렸어요.

"이 사람 보여? 누나를 구해 준 사람이야!"

의심스러운 눈으로 조리스를 바라봤어요.

"확실해. 이 사람이 누나 때린 사람을 쫓아 버렸어!"

아빠도 태블릿으로 고개를 숙이더니 조리스의 말을 거들었어요.

"병원에서 봤다. 페디라고 하던데, 내가 도착할 때까지 네 곁을 지켰어. 언제 한번 들르라고 했으니 아마 곧 올 거야."

저는 얼떨떨한 나머지 아무 말도 하지 못했어요. 페디는 도대체 무슨 생각으로 그런 걸까요?

그런데 갑자기 엄마가 저한테 다가왔어요. 전화 송화기를 손으로 막고는 아주 작은 목소리로, 또박또박 발음하려 애쓰면서 말했죠.

"대통령님이야. 통화를 하고 싶다고 하시네."

저는 숨을 크게 들이마셨어요. 안팎으로 엉망이 된 코가 허락하는 한 가장 크게요. 그런 다음 전화를 받아들었죠. 대통령은 저한테 벌어진 일에 대한 안타까움과 분노를 표현했어요. 해당 부처에 진상 규명을 확실히 하라는 지시를 내렸대요. 민주 국가에서는 있을 수 없는 일이라면서요. 저는 그냥 듣기만 했어요. 분노란 참 아름다운 감정이구나. 해방감을 주네! 체념하고는 정반대, 죽음과도 정반대로구나. 이렇게 생각하면서요.

그러다 갑자기 대통령이 전화기 반대편에서 웃음을 짓는 게 느껴졌어요.

"바르바라 양, 오찬에 초청해도 될까요?"

저는 아직 고통스러운 턱 관절을 최대한 조심스럽게 움직여 대답했어요.

"왜죠, 대통령님?"

이런 질문은 예상 밖이었던 모양이에요. 숨을 내쉬는 소리만 들렸죠.

"대통령님에게나 저에게나 적절한 때는 아닌 것 같아요."

대통령은 이렇게 말했어요.

"고집이 있네요! 그래요, 살면서 뜻을 굽히지 않을 필요가 있죠."

어떻게 대답하면 좋을지 생각해 봤어요. 금요일마다 저와 함께 시위에 참석하는 사람들을 떠올렸어요. 그 사람들이 저를 선출한 것도, 선택한 것도 아닌데 대통령의 전화를 받은 건 저였어요. 얼굴을 뒤덮은 멍과 찢어진 입술에도 불구하고, 저는 감정에 휩쓸리지 않겠다고 다짐했어요. 고통과 분노를 넘어서야죠. 우리 투쟁의 이유를 되뇌었어요.

"대통령님이 환경을 위해 정말로 행동하기로 결심하시면 그때 찾아뵐게요."

그런 다음 숨을 가다듬고 덧붙였어요.

"하지만 그러려면 많은 걸 바꾸셔야 할 거예요. 싫어하는 사람들도 많을 거고요."

다시 침묵이 흘렀어요. 비탈길에 들어선 포도나무들 사이를 지나 매끈한 호수 위를 미끄러져 폭풍우가 몰아치기 직전에 잔물결을 일으키는 바람 소리를 들은 것 같아요.

"잘 알겠어요, 바르바라 양. 그동안 잘 회복하기를! 많은 사람들이 바르바라 양에게 의지하고 있으니까요."

거실에 혼자 남겨진 채, 엄마 아빠가 부엌에서 움직이는 소리를 들었어요. 조리스는 어디로 갔을까요? 아마 방에 있겠죠. 창밖으로는 붉은 달이 어둠을 뚫고 떠올라 있었어요. 유리창에 비친 제 모습은 몹시 지쳐 보였어요. 이렇게 엉망이 된 얼굴로는 당분간 집 밖으로 나가기도 어려울 거예요. 제 피부는 그렇게 단단하지 않고 약한 편이라 자국이 잘 남아요, 할머니. 저한테는 무기도, 갑옷도 없어요. 시위에 참석하려면 하나 장만해야 할까요?

칸막이벽 너머에서 웅얼거리는 소리가 들리더니 발소리가 가까워졌어요. 곧이어 누가 나타날지 짐작해 봤어요. 그런데 거실 문이 열리더니 페디가 들어서는 거예요. 숨고 싶었어요. 최악의 순간에 저를 보러 오다니! 유리창에 비친 저는 짓밟힌 개처럼 보였어요. 제 뒤로 다가오는 페디가 보였어요. 당혹스럽고 안타까운 얼굴이었죠. 이마에는 주름이 잡히고, 입술은 꾹 다문 채였고요. 팔이 거추장스러워 보였어요. 다리도 후들거리는 것 같았죠. 저는 애써 감정을 누르면서 그 애를 돌아봤어요. 온통 울퉁불퉁 엉망으로 보였겠지만요. 페디의 앞머리 몇 가닥이 주름 잡힌 이마에 붙어 있었어요. 다크서클이 볼까지 내려왔더라고요. 여전히 잘생겼지만, 지칠 대로 지쳐 보였어요. 그 애 앞에 있으니 불편했어요. 몸이 살짝 떨려 오고, 온몸의 털이 곤두서고 소름이 돋는 것 같았어요. 페디 앞에 서면 항상 이상한 기분이 들어요. 페디가 말을 꺼냈어요.

"사과하고 싶었어. 내가 무례했어."

"내 동생이 너더러 슈퍼 히어로라던데?"

멜로드라마는 사절이라 차라리 농담을 하기로 했죠.

하지만 그 애가 미소를 지으니 상황은 더 악화됐어요. 더 잘생겨 보이지 뭐예요. 반사적으로 입술을 깨물었더니 아프더라고요. 페디에게 왜 그랬는지 설명해 달라고 했어요. 돌아다니는 사진들을 보고, 학교에서, 집에서, 언론에서 저에 대해 떠드는 말을 듣다가 판단력을 잃었다고 인정하더군요.

페디는 불편한 기색으로 어깨를 으쓱했어요. 또 아픔을 느끼기 싫어서 겨우 웃음을 참았어요.

"나도 알아, 웃기지."

그 애가 입안에서 어물어물 중얼거렸어요.

"사실 그때까지 아무것도 제대로 안 읽어 보고, 안 들어 봤어. 그 뒤로 생각도 많이 하고, 이것저것 찾아봤지. 그래서 시위에 참석한 거야. 다들 참석할 필요가 있어."

저는 고개를 끄덕였어요.

"네가 옳아. 네 덕에 눈을 뜨게 됐어. 싸워야 하고, 생활 방식, 소비 방식, 이동 방식을 다 바꿔야 해!"

한 명 더 개종시켰군요. 기뻐할 일이었지만, 어쩐지 눈살을 찌푸리게 됐어요. 저를 보려고 시위에 참석했다고 고백했다면 더 좋았을 텐데.

"사실, 넌 정말 놀라워."

페디가 불쑥 말했어요.

"멍투성이에 찌그러진 얼굴이 인상적이라고?"

제 눈이 빛나는 게 느껴졌어요. 자제해야 하는데, 배 속으로 서서히 퍼져 가는 이 열기에 몸을 맡겨서는 안 되는데 말이죠. 페디가 웃었어요.

"아냐, 너 같은 애는 보기 드물어."

혼란스러워서 눈을 내리떴어요. 페디도 같은 상태인 것 같았어요. 우리는 서로 무슨 말을 해야 할지 모른 채, 그렇게 몇 초를 흘려보냈죠. 그러다 페디가 제 쪽으로 다가왔어요.

"가 봐야겠다. 너 많이 피곤할 텐데……."

말을 중간에 멈추더니, 망설이더라고요. 이렇게 가도록 내버려둘 순 없었어요. 무슨 말이든 하려는데, 페디가 더 빨랐어요.

"멍투성이지만, 넌 정말 예뻐."

칭찬으로 시작하더니 바로 말을 잇더라고요.

"내일 또 와도 돼?"

페디의 눈이 빛나고 있었어요. 가슴속에서 심장이 크기를 키우는 것 같았죠. 저는 고개를 끄덕였어요. 페디가 다가와 볼 인사를 했어요. 입술이 제 볼을 따라 미끄러져 거의 입술까지 내려왔어요. 오래 머무르진 않았지만, 좋았어요.

페디가 떠난다길래, 저도 자리에서 일어나 함께 나갔어요. 복도에서 조리스와 마주쳤는데, 문까지 배웅하겠다고 하지 뭐예요. 그래서 둘이 같이 가도록 뒀어요. 내일 봐. 문이 닫혔어요. 저는 슬그머니 방으로 들어왔어요. 들어오자마자 테두리 장식이 있는 할머니 사진을 봤어요. 책상 위에 붙여 둔 사진 말이에요, 할머니. 지금 저는 할머니를 보고 있어요. 제가 하는 모든 일에 할머니가 저와 함께하죠. 할머니의 인생을, 할머니의 선택을 다 이해하는 건 아니지만, 오늘 밤에는 할머니의 생의 충동에 유난히 마음이 끌려요. 할머니는 상처 입고, 찌그러지고, 망가진 채였지만 생의 충동을 아들들에게 물려줬고, 아들들은 그 자식들에게 또 물려줬어요. 결국 제일 중요한 건 바로 그거죠. 할머니가 우리 모두에게 삶에 대한 열정을 물려준 거예요.

옮긴이의 말

'역대 최장 장마', '기록적 폭우', '관측 사상 가장 짧은 장마', '사상 최고 폭염'······ 해마다 여름이면 등장하는 문구들이다. 아니나 다를까, 올여름에도 종잡을 수 없는 날씨가 이어지고 있다. 이런 이상 기후 현상의 주범으로 지구 온난화가 지목된 지 벌써 몇 년이 흘렀지만 상황이 나아지기는커녕 어쩐지 점점 심각해져 간다는 소식만 들려온다. 지금 제대로 대응하지 못하면 인류의 생존도 보장받을 수 없다는데, 우리에게 남은 시간은 얼마나 될까?

그 누구도 기후 위기를 피해 갈 수 없다지만, 가장 큰 피해는 취약 계층에게 돌아간다. 이 책의 주인공 바르바라는 할머니의 장례식을 계기로 기후 변화 행동에 나선다. 오랜 세월 가정 폭력에 시달리다 남편을 살해하고 차츰 광기에 빠져든 할머니의 사연을 자세히 알게 되면서 약자의 편에 서서 세상을 바꿔야겠다는 결심을 하게 된 것이다. 그 과정에서 사람들의 편견과 오해에 상처를 입기도 하고, 협박을 당하며 두려움에 떨기도 한다. 혼자서는 쉽지 않은 일이지만, 바르바라는 결국 공감과 연대를 통해 더 큰 움직임을 만들어 내는 데 성공한다.

안타깝게도 코로나19 장기화로 인해 당장 해결해야 하는 문제들이 늘면서 기후 변화 대응은 잠시 뒷전으로 밀려나 버렸다. 온라인 장보기와 배달 음식 주문으로 일회용품 사용이 급증하고, 매일 엄청난 양의 마스크 쓰레기가 나오는 지금, 우리는 어떤 일을 할 수 있을까? 거리로 나설 수는 없다 해도, 각자의 자리에서 할 수 있는 일을 하며, 필요하다면 주저 없이 목소리를 내는 것이 우리의 역할 아닐까. 지구를 사랑하는 바르바라처럼!

2021년 여름,

윤예니

지구를 사랑한다면, 바르바라처럼

지은이 | 이자벨 콜롱바
옮긴이 | 윤예니
초판 1쇄 발행 | 2021년 8월 3일
펴낸이 | 최윤정
만든이 | 유수진 김지윤
디자인 | 이아진
펴낸곳 | 바람의아이들
등록 | 2003년 7월 11일 (제312 2003 38호)
주소 | 04001 서울시 마포구 동교로 17안길 43 4
전화 | (02) 3142 0495   팩스 | (02) 3142 0494
이메일 | barambooks@daum.net
제조국 | 한국
구독연령 | 11세 이상

www.barambooks.net

ISBN 979-11-6210-113-1 44800
ISBN 978 89 90878 04 5 (세트)

La fille des manifs